蘇志燮的
每一天

51K——企劃撰寫

王品涵——譯

2008-2015
So Ji Sub's History Book

好久不見。

居然已經過了長達七年之久，我自己也嚇了一跳。
讀著以前的文章，才發現這裡留著許多連自己都早已遺忘的瞬間：
翻著過往的日記有些害羞的情緒，
以及那些與大家一起感到內心沸騰的時光。

一點一滴的回憶，並沒有隨著時間流逝成為過去，
而是變成我們之間一份珍貴的禮物，緊緊繫在你我的內心一隅。

雖然僅是一些短短的文字，卻能集結成一本別具意義的書，
全都要歸功於各位對我的每一個瞬間都如此珍而重之的愛。

謝謝大家這麼珍惜我的日常、我的故事。
希望能在往後的日子裡，和我的影迷們一起創造更多的回憶……

————蘇志燮 2015.5

오랜만입니다 .

7 년이나 지나서 저도 깜짝 놀랐습니다 .
지난 글들을 읽어보니 이곳에는 저도 잊고 있던 순간들이 많더군요 .
옛날 일기를 들춰보듯 조금 부끄러운 순간도 ,
여러분들과 함께 했던 가슴 벅찬 시간도 있었습니다 .

이 모든 추억들이 차곡차곡 모여 과거로 흘러가 버리는 시간이 아닌 ,
 우리 모두에게 소중한 선물이 되었으면 하는 마음으로 한데 엮어 보았습니다 .

한낱 작은 글들이 나름의 의미 있는 한 권의 책으로 탄생한 것은
저의 매 순간을 소중히 여겨주신 여러분들의 사랑 덕분이겠지요 .

저의 일상을 ,
저의 이야기를 아껴주셔서 감사합니다 .

앞으로도 팬 여러분과 더 많은 추억을 같이 쌓아갈 수 있길 바라며 ......

———— 소지섭 2015.5

Welcome to fiftyOne·k

51K

編按：

①本書集結「SOJISUB MOBILE」在日本 2008-2015 年發布的手機日記。

②因應時間序內容做適度刪修與調整。

③礙於發布當時手機模式的圖像大小，現製作成印刷品，部分呈現方式受到侷限，敬請見諒。

④許多發布照片保留印有 51k 字樣。

⑤若有其它未竟之處，敬請提出關注與愛護。

溫度

手機日記

「蘇志燮的手機日記」終於啟動了，為此，工作人員的部落格也跟著動了起來。為了讓大家能夠更加貼近蘇志燮，我們一定會盡力更新第一手消息的，也請大家多多指教了！

2008-07-11
....

《So Jisub in 夜叉》DVD 發行

《鬼太郎：千年咒歌》終～於～要在明天公開了！一方面很開心於可以聽到大家的感想，一方面又不安於不知道大家究竟能不能接受志燮的全新挑戰，工作人員個個都迫不及待！想必志燮今天晚上應該也很難入睡吧！

今天發售的《So Jisub in 夜叉》正巧能夠當作電影上映的前夜祭，當中除了呈現志燮在拍攝期間自然不做作的模樣之外，還有主角們努力拍攝的樣子以及工作人員帥氣的一面，絕對會讓大家看了之後，更想進場觀賞這部電影的。「日本的夏天，咯咯咯的夏天，夜叉的夏天」即將到來了！

2008-07-14
....

《鬼太郎：千年咒歌》現正上映！

聽說電影上映前一晚，志燮睡得不是太好。上映第一天，也打了電話向經紀人詢問電影院的情況，一聽到經紀人轉達電影院的女孩們都說電影「很～可怕」時，志燮似乎有些滿意（？）。也是啦，拍攝這部電影期間，志燮每當完成特殊化妝後，就會猛然靠向工作人員問道：「可怕嗎？」，聽到「是的……，很可怕」的答案，總是開心得不得了。

事實上，笑容滿面地問著「可怕嗎？」的志燮，根本一點都不可怕（不，其實在某種層面上還是滿可怕的！）想必他是一心想要扮演好這個角色，讓電影呈現出最好的效果吧。我們會將大家對電影和夜叉的感想，一字不漏地轉達給志燮；聽到大家熱情支持夜叉，志燮本人也感到很安心。對志燮而言，影迷的每一個想法，都能成為他強大的自信和鼓勵。

2008-07-18
....

今天的志燮 @ 韓國

近日炎熱的天氣持續發燒中！
聽說韓國同樣豔陽高照，熱到不行。
早上六點半，抵達攝影現場──海邊；等待潮水退去後，才開始進行拍攝工作。
這是補拍和姜至奐一起在沙灘滾得滿身泥濘的場景。雖說是「補拍」，可是今天的攝影工作卻相當困難，就連志燮也意識到這將會是一場體罰似的拍攝工作。（就算是拍攝期間，發生了手掌受傷的意外，志燮也是隨即在現場治療後，便立刻重回拍攝崗位。果然是演員魂啊！）

2008-07-30
....

昨天的志燮 @ 韓國

最近總覺得好像從白天開始就到處都是學生了，看著那些快樂的孩子，今天的自己也要好好用心工作了。
志燮昨天在韓國的攝影棚內拍攝了《無間道之殺手遊戲 *》的海報，從早上十點開工，午餐吃了一些招待的餐點，稍作休息，緊接著又繼續拍攝，到了下午總算完成了拍攝工作。先前已經公開了和姜至奐一起在沙灘拍攝的渾身泥濘海報，昨天拍攝好的照片，又會變成什麼樣的海報呢？請大家拭目以待！
提到拍攝海報期間的志燮模樣，由於首爾現在的溫度一點也不亞於各地的酷熱，因此出現了「某種」情況，那就是即使在室內攝影棚裡，也絲毫不感減緩的熱氣，讓志燮總是流汗流個不停；雖然大家從志燮在見面會或舞台上和各位見面時，都已經知道志燮的汗不是「開玩笑」的，不過，昨大他流的汗，也絕對不是「開玩笑」的呢！
完全不用懷疑，新陳代謝一定很好。當中有一名工作人員感嘆表示「我也好想要攝取水分，水分就會往體外排出，而不是積累在身體裡喔……」，不過志燮向來就跟「喝水就會變胖的體質」扯不上任何關係吧！看看那任誰都讚許的完美體態，真令人羨慕 (>_<) 雖然最後這樣講可能轉得有點硬，但是志燮今天過得很好喔！希望大家也能身體健康，和志燮一起克服炎熱的夏天吧！

* 編註：《無間道之殺手遊戲》（韓文原名：영화는 영화다）亦有翻作《電影就是電影》。

今天的志變……

 連日來為了《無間道之殺手遊戲》接受採訪的志變，即便要熬夜工作，也不忘赴早就和朋友們說好的高爾夫球之約。（這一場「紳士運動」，當然不能取消；對於性格耿直的志變來說，更是如此。）

高爾夫球，似乎是最近志變深感著迷的東西之一，至於打得如何？因為沒有其他人同行，唯有隔天經紀人向他詢問成績時，志變以「嗯」作為回答，這個答案代表著什麼樣的意義……就交給各位去想像了 (^_^;)

在猛烈的陽光下，進行拍攝工作和打高爾夫球後，志變被曬得很是黝黑。不知道是不是因為這個原因 (?)，志變的臉看起來比平常要來得更小了。晚上十一點到凌晨一點左右的拍攝，聽說志變「更加」顯小的臉，已經到了不可思議的程度了！沒辦法想像究竟變成了什麼樣子，大概也只能從電影中找答案了。照片是在移動中的車內觀看訪問內容的模樣，喀嚓！

主演音樂錄影帶

各大媒體已經報導了《無間道之殺手遊戲》製作發表會。
訪談中,志燮始終保持笑容,好像是真的感到相當有趣
似的。今天也是志燮參演的音樂錄影帶〈孤獨的人生〉
發行日。為了紀念今天誕生的新品牌「G」,第一步就是公開志燮主演
的 MV,之後想必會成為更多化妝師參與、表演的厲害計畫。現在可以
確認的是:志燮主演的三部曲!

照片是志燮在拍攝 MV〈孤獨的人生〉時所拍下的。大家有從這張照
片發現什麼了嗎?沒錯,志燮的手臂比以前變得更加壯碩了。向經紀
人詢問了志燮到底做了多少運動,才知道原來他並不是每天都做運動,
但只要進了健身房,就會紮實地,做足兩個小時的鍛鍊。如果曾經上
過健身房的人,就很清楚鍛鍊兩個小時,真的很累……還有每
天都得進行鍛鍊,才有辦法完成驚人的「二頭肌」!工作人員
們時時都對志燮他那完美無瑕的肌肉讚嘆不已。

今天的志燮

應該有很多人都已經知道了，今天將會舉辦《無間道之殺手遊戲》的相關人員試映會。志燮今天身著黑色西裝、白色襯衫搭配黑色領帶。不知道是不是因為緊張，聽說志燮一直在喝水。想必也會如常地瘋狂流汗吧， 從一大早開始就接受各家媒體採訪的志燮，雖然今天很忙，但是在下午四點左右便結束了媒體試映會，應該還有一些時間可以稍微休息一下，可別累壞身體了。

8/27《無間道之殺手遊戲》相關人員試映會結束後，志燮留下了評論。

正式訪日的原因

志燮 獲 選 為「 第 二 十 五 屆 Best Jeans Award 2008」的國際部門得獎者！

這次的頒獎典禮，志燮的樣子將會出現在日本各地的電視轉播裡，停留在日本的期間，預計也會接受各家雜誌的訪問。《鬼太郎：千年咒歌》之後，再度前往日本活動的志燮，一定會和全體工作人員一起為了下次能與更多影迷見面而努力的。

昨晚的志燮 @ 日本

昨天晚上抵達日本的志燮。在機場直接就展開會議，一轉眼便已經是晚上九點了。由於韓方工作人員和志燮都還沒有吃晚餐，當大家詢問志燮想要吃什麼的時候，他的答案是：「蕎麥麵」。一行人就這麼出發前往能容納得下所有人的蕎麥麵店了；照片正是志燮第一次吃到的超大蘿蔔沙拉。當然，這不是一人份，不過或許是因為肚子真的很餓了吧？志燮可是吃了相當多的分量呢！用著精緻的筷子，希望大家可以透過這張照片志燮的手部特寫感受一下。吃完遲來的晚餐後，大家便在飯店宣布解散。希望志燮能夠好好睡一覺；工作人員們也期許今天的頒獎典禮能夠圓滿成功，to be continued……

今天的志變 @ 日本

東京的天氣從早晨開始便很晴朗，令人心情也跟著好了起來。一整天都在接受採訪的志變，聽說如果想要應對繁忙的一天，一定要好好吃一頓早餐……志變吃了日式早餐。菜單是飯加大醬湯、烤魚以及某種上等食材。請大家猜猜那個「上等食材」是什麼呢？照片中是以東京鐵塔為背景坐著的志變……正在休息中的模樣。

★早餐小測驗★

答案是「納豆」。

因為是志變喜歡的料理，想必對大家來說是個簡單的問題吧。有一陣子志變被問到喜歡的料理是什麼，總是回答「醃梅子」，聽說現在家裡的冰箱已經被影迷們送去的醃梅子塞得滿滿的了。後來，又被問到喜歡的料理是什麼時，改成回答「納豆」後，不知道家裡的冰箱有沒有又被納豆塞滿了呢？真是令人擔心啊……不過志變倒是表示沒關係（笑）。志變還在接受訪問當中。希望今天晚上也能享用到美味的晚餐。

昨天的志燮 @ 日本

今天的東京依然是有些炎熱的晴朗。不久之前才出現過的暴雨和打雷，反倒有些不真實。

所有的工作人員都深深覺得志燮完全就是個「豔陽男＊」。聽說昨晚結束工作後，志燮吃了好吃的料理後才返回飯店。

志燮一訪日，Love Letter 上的訊息總是以倍數在成長，因此經紀人唯有一邊發出喜悅的哀號，一邊拚了命替他翻譯；志燮每次回到房間後，都會仔細地閱讀。大家的心意，都完完整整地傳達給志燮了！而且聽到早餐小測驗在短短的時間內就湧進大量的回應，可是嚇了志燮一大跳呢。

大家知不知道照片裡的志燮正在做些什麼？回到房間的志燮，正在看他的手機日記。有沒有感覺到志燮就在各位身邊，和大家一起看手機？順帶一提，這張照片是工作完畢後的休息時間＆初次公開（？）的睡衣模樣，聽說這可是費盡千辛萬苦才獲得本人批准的。

＊譯註：豔陽男（晴れ男）：指每當外出時，總能讓天氣變得晴朗無比的男子。

返國途中……

下午志孌已經平安返國了。在出發前拍下了這雙白色運動鞋，希望能夠好好支撐著志孌腳步的心情。

返國後，志孌馬不停蹄地開始四處進行《無間道之殺手遊戲》的宣傳活動，工作人員絲毫也不輸志孌，拚了命地用心工作著。

2008-09-08

口信

志孌在訪日行程中收到了相當多的 Love Letter，謝謝大家！對於與日俱增的訊息，志孌表示相當的驚訝和感謝，同時我們這些工作人員也對大家的熱情，感謝萬分 m(＿＿)m 如同志孌所言，他期待著下次和大家見面的日子，也希望大家在再見之前繼續支持他。

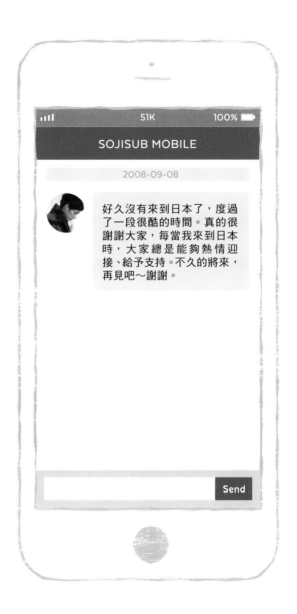

昨晚的舞台招呼 @ 首爾

昨晚在台上和大家見面的模樣笑咪咪的志燮，看來很享受在台上和大家見面喔！此外，這樣在台上和大家見面的活動，今天有六次，明天有九次，星期日有十二次，星期一有十！二！次！還真是令人眼花撩亂的行程表啊！請好好留意自己的身體健康，加油。

首爾鬧區到處都有著吸引目光的《無間道之殺手遊戲》海報。從右邊看、從左邊看，都是志燮擔綱演出的流氓模樣。今天的志燮從早上便開始接受訪問，眼前還有六場和大家見面的活動。真是硬到不行的行程啊⋯⋯還有來自日本的支持。加油！

想和情人一起看的電影

某位工作人員問志燮，想要和情人（想像中）一起看的電影是？志燮的答案是，《無間道之殺手遊戲》。不過，隨後他又補上新的答案《Mamma Mia!》。志燮為什麼會想要和情人一起看《Mamma Mia!》呢？

高爾夫球

志變最近的興趣：高爾夫球。

那個一直都被稱為「祕密」的最佳成績，這次工作人員相當自～然～地詢問了被宣傳活動搞得暈頭轉向的志變，他就這麼不假思索地說了出來～至今的最佳成績是「89」！

志變，超厲害的～他打出了足以撼動整個俱樂部的成績，果然是體育全能者。雖然志變現在必須全心投入在《無間道之殺手遊戲》的宣傳活動，不過之後如果有時間可以打高爾夫球，勢必又能刷新紀錄了。

受到志變刺激的工作人員們，紛紛思索著自己是不是應該開始練打高爾夫球了……（笑）運動之秋，大家也一起加入吧！

來自志變

現在的志變正在「某處」休假。結束《無間道之殺手遊戲》的宣傳活動後，便開始放假的志變，昨天晚上傳來了訊息，雖然只是幾句短短的訊息，想必都有收到志變的心意吧？記憶裡志變放假的模樣⋯⋯大概就是一手拿著相機，四處遊走吧！

食物測驗

九月正式訪日的時候，已
經有稍微跟大家提過了，
最近的志燮經常都在吃日
本料理；仔細回想起來，
打從他第一次訪日開始，
「喜歡吃的食物」就已經
是日本料理。醃梅子、拉
麵（日本）、納豆……之
前放假的時候，志燮好像也在「某處」吃了拉麵的樣子，證據就是這
張照片了 (*^_^*) 而且，聽說最近還有更令他著迷的日本料理呢！再
問大家一個小問題，最近讓志燮深深著迷的食物究竟是什麼呢？

★答案是：「豆腐」★

下次訪日的時候，如果有時間，再跟志燮推薦一些好吃的豆腐專賣店。
想必今晚大家的小菜都會是豆腐了吧！

來自志燮

為了工作的志燮去了中國。如同志燮所言，雖然有些可惜，今天一整天就是工作……但完成工作後，想必會在中國好好慶祝一番吧？志燮的手機，今天寫了一句話「志燮，生日快樂！」

★ Happy Birthday ★ 生日

我們把滿載大家的愛的生日訊息通通改成了四號，然後請經紀人用電子郵件寄給了志燮。至於信件和 Love Letter，則會在翻譯後傳給志燮，而且這次特別製作成 Birthday 版後才送到志燮手上。大量來自日本的祝賀訊息，想必一定會讓志燮嚇一大跳的。此外，在這個值得慶賀的日子裡，還有一件大事！繼〈孤獨的人生〉後，「G」的未公開曲目〈愚蠢的愛〉將會在韓國閃電公開！

2008-11-12

喜歡的韓國料理

聽說北海道‧東北地區已經下了初雪了呢！東京的冬季氣息也越來越濃厚了。天氣一變冷，就會變得非常想要吃吃韓國又辣又溫暖的食物。先前問了志燮「最喜歡哪一道韓國料理？」的時候，他答道：「辣燉排骨」。
辣燉排骨是一道燜煮牛里肌的料理。另外一道就是「雜菜」了；雜菜是由各種蔬菜加上肉、粉絲攪拌而成的韓國傳統料理。即便是志燮喜歡的兩道料理，卻也不是隨便哪裡的都好喔！他說：「媽媽親手做的」最！好！果然，沒有什麼能夠比得上媽媽親手做的料理了。

HAPPY BIRTHDAY
JISUB

Happy Birthday 지섭씨☆
저는 3일전의 초하루가 생일날입니다. (^-^)같은 생일날이 아니어서 아쉽네요…
지섭씨의 생일날, 함께 보내지 못하지만 생일을 축하하는 마음만이라도 전해질 것을
바랍니다. (^-^) 지섭씨를 낳아주신 어머님께 감사합니다☆☆
미토모

생일 축하합니다! 앞으로도 계속 응원할께요!
죠비

지섭?☆
11.4 생일 축하해요♪d(⌒○⌒)b♪
마음속으로부터 축하드립니다. 생일축하?!
(^^)/ ▽☆▽\(^^)
기미상

지섭씨, 생일 축하합니다. ♪ 올해는 지섭씨를 만나고, 이렇게 팬 여러분과 함께
축하할 수 있어서 정말 기쁩니다. 앞으로도 멋진 배우 소지섭씨로 있어주세요.
건강하고 행복한 미소를 다시 보여주세요(*^-^*)
가준

sonick、생일 축하합니다！
언제 어디서나 응원하고 있을께요\(^O^)/ ♪ a-chan

지섭씨 생일 축하합니다. 너무너무 좋아해요.
지섭씨를 직접 만나뵙고 싶어요
오케이

사랑하는 우리 지섭씨! 건강하고 행복한 1년이 되길 바랍니다o(≧∀≦)o 시오캉

지섭씨 생일 축하합니다！
정말은 직접 지섭씨에게 선물을 보내고 싶었지만 메시지로 전합니다♪
보라색의 물건을 가지고 축하할께요.o(^-^)o
미나 올림
미나

我和你

....

該隱與亞伯

關於志燮新的韓國電視劇《該隱與亞伯》，已經在 11 月 15 日 (六) 開鏡了！志燮從那天早上七點就開始在拍攝現場待命，拍了手術室的場景，收工時間是隔天 16 日的早上六點三十分。從第一天開始就是一場硬仗呢。不過，拍攝工作現在才正開始而已！

2008-11-21
....

新人男演員獎

已經在 Love Letter 看到了許多祝賀的留言！昨天志燮在第二十九屆青龍電影節獲頒新人獎！頒獎典禮結束之後，經紀人立刻轉達了大家的祝賀，志燮神情靦腆地回應了「謝謝」。稍微替大家翻譯一下獲得新人獎的志燮所說的話：「謝謝！老實說，這是我第二次拍電影，所以對電影不懂的地方還很多。拍攝這部電影，對我來說是一種全新的體驗。為了要讓進場的觀眾都能喜歡這部電影，許多人都日以繼夜地努力著……請容許我在這裡大膽要求各位，給那些沒有出席的眾多工作人員和演員，以及熱愛韓國電影的影迷們，一個熱烈的掌聲。今天得到了新人獎，往後我會繼續努力朝著最佳男主角獎前進。」

真的、真的，太好了！一定會將大家的鼓勵和難以數計的祝賀訊息轉達給志燮的。

@ USJ

大阪天氣晴。果然是豔陽男志燮 (^^) 昨天晚上抵達飯店後，志燮立刻加入了討論今天行程的會議。談論著關於這次的計畫，不知不覺就夜深了，聽說最後連晚餐都沒吃便睡了呢！所以今天早上不知道是不是因為連日來的疲勞，很晚才起床。早上吃了蕎麥麵，每次到日本就會吃蕎麥麵，現在好像都已經變成必點餐點了，隨後在前往歡迎典禮之前，還得接受採訪。雖然今天對志燮來說又會是忙碌的一天，但是他說很期待跟大家見面。

各位，剛才 USJ 歡迎典禮已經結束嘍！本日穿搭：內衣、牛仔、針織圍巾、卻爾西短靴，全黑裝扮，然後再搭配上一件駝色麂皮外套。

歡迎典禮結束後……

 22 日晚上歡迎典禮中的志燮因為站在舞台上，所以並不清楚觀眾席的狀況，不過得到了比想像中更多人的歡迎，讓志燮很是驚訝。典禮結束之後，再次出現在舞台上向大家打招呼，雖然很冷，但是看到等了很久的大家所帶給他的溫暖，讓志燮相當開心。初次來到大阪的最後一晚，則是豆腐料理專門店，聽說志燮覺得很好吃。志燮也把料理通通收進了他的相機裡，其中一張就是這張照片了。

由於隔天凌晨就得出發，必須一邊吃著晚餐一邊開會討論之後的工作，志燮也只喝了烏龍茶當作飲料。希望將來有一天，志燮可以慢慢享受一下日本。

2008-11-28

志變 @ 中國

11 月 23 日出發前往中國的志變。問沒有去過中國的志變：「待在中國的時候最好吃的食物是什麼？」時，他回答了「北京烤鴨」。照片是志變的作品。志變看來相當喜歡各式各樣的中國料理。近來，大家總是要他好好注意自己的身體，所以志變吃了很多，並且化食物為工作的動力，大家可以放心了。

2008-12-10

自拍

最近不知道是不是因為在 Love Letter 上出現了很多擔心志變在中國進行拍攝工作的訊息，所以志變傳來了他的自拍照。首先是進行拍攝工作的自己，然後是好吃的中國料理照片。臉，又變得更小了 (*_*) 大家都很擔心是不是同行的男經紀人把志變的份都吃掉了……可是志變的確是有好好吃飯啦 (^^) 在中國的拍攝工作每天都安排得十分緊湊，所以才會自然而然地瘦下來了！

這是豬肉上淋上勾芡醬汁的料理。

志燮 @ 中國

向在中國待了好長一段時間的志燮，問了他在休假都做些什麼，他說：「主要都是待在飯店，偶爾會到飯店的健身房流流汗」。當我們詢問到了便利商店必買的東西時，他回答了「牛奶」。所以志燮休假日都在飯店好好休息，利用牛奶補充營養嗎？

2008-12-16

喜歡的顏色

一直以來，志燮都以喜歡「紫色」聞名，不過他最近喜歡上了「白色」。為什麼喜歡上白色？原因是「現在腦子裡只有工作，大概因為白色可以滲透進所有的顏色吧！」全心投入演員工作的志燮！看來明年可以看到像變色龍一樣轉換顏色的志燮了。

2008-12-18

手測驗

有很多影迷都相當喜歡志燮的手，因為志燮的手不只漂亮，還很大！要說有多大呢～？在這裡給大家一個小問題。
從志燮的手腕到中指末端總共是多少cm呢？請回答到毫米（00.0cm）喔！這是不是個超級困難的問題？

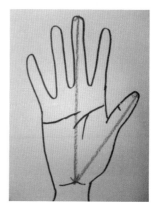

★手測驗答案★
正確答案是「21.8cm」！這可是經紀人仔細測量過的喔！從手腕到大拇指末端是「15.6cm」。

2008-12-22

手印 @ 攝影展

大家好，20 日開幕的志變攝影展 in USJ。附上的照片是在會場展示的志變手印，可以真實地感受一下志變的手。

2008-12-25

章魚小丸子

大阪的照片，這次是在吃章魚小丸子呢 (*^_^*)

★吃完章魚小丸子的志變感言：真的很好吃！下次有時間的話，想要直接到店裡吃剛做好的～

卷

2

日與夜

2009-01-05

☆ Happy New Year ☆

祝大家新年快樂！今年也請多多關照志變。

2009-01-13

喜歡的女生

現在正在韓國拍攝電視劇的志變。韓國好像已經出了預告，拍攝工作也很順利喔，如同各位所知，每當向志變詢問到喜歡的女生類型時，他總是會回答「有品味的人」。由於不清楚他最近的喜好有沒有改變，所以我們又再問了他一次，而答案是「氣質好的人」，因為志變看的不止一個地方，而是整體，所以老是得不到比較具體的答覆。志變的喜好沒有什麼太大的轉變。

還有一點，那就是當問到他認為「作為女性，應該要注意些什麼？」時，他想了一下子，接著說出「不要在地鐵之類的地方腳開開坐著」。各位女性，千萬不要在任何公共場合鬆懈下來啊！說不定用餐的時候，有人會注意到餐桌底下的行徑喔～（笑）

2009-01-15

手機

  今天要向各位公開志變的手機。銀色的「蘇」字貼紙，這個貼紙將作為活動禮物送給所有參加的人；給了志變後，他馬上貼到了自己手機上。另外，還有綠色可愛（？）的吉祥物！簡單俐落，原本以為志變不是一個會用裝飾品的人……意外地從手機發現了他的另外一面（※ 其他是工作人員的手機，大家搖身一變成為「蘇大隊」了。）

2009-01-30

把握當下

雖然今年已經過了一個月，但是各位懷抱的願望還是進行式喔！志燮今年的願望是「把握『當下』」。首先要盡全力完成眼前的電視劇、電影，然後好好把握每一個當下。我們這些工作人員也會為了支持志燮的「當下」而好好努力的。

2009-02-09

該隱與亞伯

韓國終於要在這個月的18日開始播映志燮闊別五年左右的電視劇《該隱與亞伯》了。光是看預告，就已經開始好奇劇情了！此外，志燮現在又去中國進行拍攝工作。經常都要熬夜拍戲，真的很辛苦！志燮和各位演員、工作人員們都熬得很辛苦，不過希望我們志燮不要被擊倒，只要繼續專心把拍攝工作完成就好。敬請期待他潛藏的實力！

2009-02-14

情人節快樂

大家過得好嗎？情人節的早上，是如何度過的呢？工作人員們正在翻譯各位留下的情人節訊息，要請經紀人寄給志燮喔！就像照片一樣，製作成了愛心的主題 (*^_^*) 志燮現在應該看了吧？

★備註：向經紀人詢問了志燮在情人節當天的情況～結果是在拍攝廣告。看來志燮的生日、聖誕節等節慶，都在工作啊！

訪日

志變剛剛抵達日本了！今天的服裝造型是紅色的帽子搭配紅色的夾克，裡面則是白色Ｔ恤與牛仔褲，以及白色運動鞋，最後加上銀色項鍊點綴。雖然每天都很辛苦地拍戲，但是看起來身體很健康喔！明天會盡可能和當地的工作人員取得聯繫，讓大家看看志變的模樣。

帽子

在現場的工作人員送來了剛剛提到的志變紅帽～

休息中

趁著採訪的空檔休息時，看著志變將完成的月曆拿在手中，一頁、一頁翻著的背影，工作人員立刻拿出相機拍下這張。

志燮 @ 東京 Night

在首映會上兩度上台和各位見面的裝扮：第一套是深褐色的絲質雙排釦
西裝，搭配紫色格紋襯衫，以及黑白色調的 Wingtip 皮鞋；第二套是
白色襯衫搭配黑底細白條紋的三件式西裝，加上 Wingtip 皮鞋。兩套
都在口袋搭配了手帕，典雅之中又帶有一些摩登的裝扮。結束首映會的
亮相，回到飯店後，緊接著又開始處理會議和雜事，晚餐也只吃了便當
和客房服務餐點。因此，昨天志燮的東京之夜，只有工作。 之後再告
訴大家今天的情況。

返國

轉眼間，志燮結束了訪日行程，回到首爾出席
今晚的第四十五屆百想藝術大獎。出國的時
候，穿著白色和紅色的針織開襟衫，搭配牛仔
褲和白色運動鞋。東京彷彿也像是在慨嘆著與
志燮的離別般，飄下了雪花。回到韓國後，依
然持續繁忙的工作行程，我們期許今晚的藝術
大獎會有好結果吧！

2009-03-05

香味

詢問了志燮身邊的工作人員，志燮身上沒有任何香味，不過，偶～爾
會噴一點香水，於是又問了究竟是噴了什麼樣的香水呢？答案就是
「Bvlgari Aqva」。是一股能讓人聯想到海洋的清爽香氣。看來志燮
喜歡素雅的香味，如果有得知任何志燮的祕密情報，再告訴大家。

★志燮的評語：現在改嘍～沒錯！以前是很常噴那款香水，現在就……

來自志燮

送上《無間道之殺手遊戲》在東京舉辦的日本首映會時所拍攝的志燮照片。

日記更新

透過嶄新的心情,讓各位和我們工作人員一起團結起來支持志燮!更新的第一天開始,便首次公開之前約定好的照片:是去年志燮放假時拍下的 USA 照片!或許可以稍微窺探一下私底下的志燮?!天氣依舊有些寒冷,不過卻能清楚聽見春天的腳步聲。我們會繼續努力更新日記,放上如同春日般使人興奮的消息。

旅行

志燮拍下的美國

訪日

就在剛才，志燮已經踏上日本的土地了。聽說志燮直到上飛機前一刻，都還在進行電視劇的拍攝工作。抵達機場的志燮裝扮是戴著淺褐格紋鴨舌帽，身著淺藍色的內衣，搭配毛茸茸的淺咖啡色外套；下半身則是牛仔褲搭配皮革運動鞋；另外，還戴上了墨鏡。

結束在台上的亮相後

各位，兩輪的舞台亮相好像已經在剛剛結束了。第一次上台的時候，志燮穿著會讓人想起姜培的全黑裝扮，不知道是不是因為正在埋頭拍攝《該隱與亞伯》的緣故，志燮的臉看起來反倒很像初寅醫生。

Q. 有沒有什麼關於白色情人節的特別回憶？

A. **這天時常都在進行拍攝工作，沒有什麼特別的回憶。今天在這裡（2009-03-14），想必已經可以成為一段新的回憶了。**

Q. 志變的白色情人節恐怕會回禮回得很累。

A. **我正在心裡回給所有人。**

每天都在高密度進行的電視劇拍攝，一有空就得上台和大家見面的志變。為數眾多的影迷聚集在會場，熱情地吶喊助陣，想必都轉化成志變的力量了吧？

白色情人節

14 日返國時的照片穿著私人服裝的志燮，既不是姜培，也不是初寅，就是溫和的「蘇志燮」。「直到再在日本相見的那一天……」志燮今天也加油了！

睡不著的夜晚

一提到春天，一定有很多人都會想到「春天一來，總是變得很難起床，最後就睡過頭了」；不過，也有人是晚上睡不著覺的吧！之前詢問志燮「睡不著的時候怎麼辦？」時，他回答「不要硬逼自己非睡不可，就起來做些什麼直到想睡為止，像是看看書或聽聽音樂」。希望這個夜晚正因為電視劇的拍攝工作而「沒有辦法入睡」的志燮，能夠趕快睡個好覺就好了～明天想必有很多人都要出門賞花吧？

近況

雖然志燮此刻還在拍攝《該隱與亞伯》，但是昨天聯絡了經紀人，討論了一下現在正在日本上映的《無間道之殺手遊戲》和之後的日本行程。一得知日本影迷都很擔心他，志燮便立刻說了「我沒事」，不過聲音聽起來卻有些無力和疲憊。

不久之前，陪著志燮參與韓國工作行程的經紀人表示，趁著拍攝空檔待在車裡看劇本的志燮，看著看著，只要閉上眼睛三秒鐘，就會立刻睡著，安靜得像是沒有在呼吸般，一動也不動地沉睡。聽到這個故事，大概就可以知道志燮到底有多累了吧。接下來《該隱與亞伯》即將播出第四集，希望順利殺青，也請大家多多支持。

殺青

在拍攝現場的經紀人剛剛傳來了消息，《該隱與亞伯》殺青了！除了好奇結局之外，也聽到大家吶喊著「志燮，辛苦了！」先送上殺青的消息，之後如果還有志燮的情報，再告訴大家。

感激的淚水

昨天殺青後志燮傳來的短片。志燮的眼睛看起來有一點腫腫的，可能會讓大家有點擔心，不過聽說這是因為志燮留下了感激的淚水……志燮本人的身體健康完全沒有問題，請大家放心。這次的影片拍下了很多工作人員和演員最後一次在拍攝現場的畫面。

告訴我！志變

全國各地都熱到不行，大家還好嗎？志變的手機日記收到了許多去年年底進行的 USJ 活動時募集的問答，無論各位有沒有親自到場，我們挑選了一些問題，傳給了志變，之後志變特地利用私人時間回答，由經紀人送過來。今天的問與答是「最近有沒有覺得自己年紀大了？是在什麼樣的瞬間呢？」志變的答案是「有」，然後出現這種感覺的瞬間是「拍攝《該隱與亞伯》時，驚覺自己體力下滑的瞬間」。

2009-05-14

告訴我！志變（2）

今天的問與答是「如果有任意門的話，現在最想要去的地方是哪裡？」志變的答案是「火熱的太陽底下，像是有朋友的美國任何一個地方」。雖然志變現在沒有辦法立刻前往自己想去的地方，但是希望他能夠透過這個月的主題活動「長假獎勵」，從大家寄來的文章裡充一充電。

2009-05-15

近期照片

照片是正在製作手部銅像的模樣。結束電視劇的拍攝工作後，第一張志變的照片。替細部進行打模的時候，必須要靜靜等待，照片裡的姿勢看起來好像正在努力忍耐著。究竟結果如何呢？

....

6 月★手機是什麼?

這個月的主題活動是「長假獎勵」,在傳來的問題當中提到「海和山,比較喜歡哪一個?」,志燮表示自己屬於「海派」,原因是「喜歡水」,這就是來自曾經是游泳選手志燮的回答。

接下來 6 月的主題活動「手機的使用方式」。請大家可以寫出讓志燮嚇一跳的故事吧!

Q. 對志戀來說，手機是……？

A. **手機是能連結家人、朋友、摯愛們的東西，也是能夠和手機日記的大家產生連結的東西。**

Q. 喜歡的手機功能？

A. **相機。有時間的話，偶爾會玩一下遊戲。**

Q. 家裡的裝潢設計是自己親自挑選的？

A. **我選的，雖然只是幫了一點小忙 (^_^;)**

Q. 裝潢的主題和色調喜好？

A. **主題是古色古香，色調是褐色系。**

Q. 泡澡的時候，會放入浴劑和泡泡嗎？

A. **會 (^_^)**

Q. 洗澡（泡澡的時間）大概會花多久？

A. **很久，不過不會超過三十分鐘。**

手機日記一周年 @ 橫濱

今天的橫濱豔陽高照，相當適合綽號「豔陽男」的志燮外出工作。志燮（雖然是看板）正在活動現場等待，像照片裡的志燮一樣，擺出自己喜歡的姿勢拍張照吧。

志燮和志燮

這是手機日記一周年的紀念會場，一大早就來到現場的大家，將氣氛炒到了最高潮。當中最有人氣的就是志燮的帽子了，之前曾經出現那頂紅帽子，在公開的影片裡也有戴過那頂帽子。和志燮一起拍照的時候，也可以使用附件照片裡的方法（笑）。

一日 @ 橫濱

哇！聽說今天第一天開始舉辦的一周年紀念會場，盛況空前啊！現在可以從立體的手部畫作，實際「體驗」一下志燮的手指和手的大小，大家一定超喜歡的吧？

前往紐約

22 日晚上，志變要離開韓國，前往紐約出席頒獎典禮。志變在機場的照片。

2009-06-24

志變 @ NY

抵達紐約的隔天早上，志變立刻前往體育館運動。照片是出發前往健身房拍的。早餐吃了健身房的三明治，之後不知道跑到哪裡去了？工作人員拚了命在尋找志變，不過後來得知他已經先一步回到飯店後，大家才鬆了一口氣。回來的時候，心情很好，想必是好好地享受了一番紐約吧！現在當地時間是 23 日的晚上九點左右，恰好是出席韓日文化院頒獎典禮的時間呢！希望志變不要太緊張，盡情享受。

志變 @ NY（2）

志變在紐約的照片 應該是在聽音樂吧！想必又是志變喜歡的 Hip-hop 了吧？

2009-07-06
························

志燮訪日

剛剛抵達了日本，為了出席《該隱與亞伯》的亮相活動而來。今天的
造型：帽子、墨鏡、T恤、開襟衫、皮帶、運動鞋，通通都是黑色，
還有搭配上牛仔褲。隨後將要參加會議和接受採訪。想必這次的訪日
行程又會相當忙碌了。

2009-07-07
························

志燮 @ 東京

今天的東京天氣晴。之前天氣預報說今天會下「雨」啊……但是志燮
的豔陽男傳說好像發威了？昨天一到日本就開始馬不停蹄工作的他，
聽說連晚餐都沒吃就睡了。不過，抵達日本後，就吃了加了炸蝦蕎麥
麵當作遲來的午餐呢……

受訪中

一大早就展開了受訪行程，今天好像又
是以分鐘為單位在進行著。早上吃了美
式早餐，中午吃了紅豆便當，渾身充滿
了力量！照片是今天志燮裝扮的一部分：
帽子。快要在台上和大家見面了～出席
《該隱與亞伯》日本首映會的大家，請
熱烈歡迎導演、演員申鉉濬和志燮喔！

舞台亮相★順利結束

第二回的日本首映會已經順利落幕了，現在緊急為大家報告志燮的造
型。第一次登場的服裝是全身黑，黑色長版毛衣、搭配圍巾背心，以
及黑色的褲子和騎士靴，脖子上掛著銀色十字架項鍊。第二次登場穿
著和第一次時一樣，但搭配長版墨綠色圍巾背心，以及黑色巴拿馬帽。
希望今天晚上可以在東京享用到美味的晚餐。

返國

志燮在日本待了三天後，剛剛已經回到韓國了！昨晚結束見面會後，出席了簡單的會議，然後與演員申鉉濬和導演一起吃了飯，照片是志燮的自拍照。

志燮要給各位的話：「謝謝大家踴躍的鼓勵訊息，請準時收看《該隱與亞伯》。」

2009-07-09

志燮 Power～

志燮一直在「這裡」。為了要讓大家提起勁來，特地獻上一張志燮照片。

喜歡的東西

最近志燮的穿著大多是黑色！問了他是不是改喜歡黑色了呢？果不其然，志燮說他現在喜歡的顏色是「黑色」（照片是志燮最近訪日時戴過的帽子）。

今天有一位工作人員給了志燮起司蛋糕……以後會配上咖啡一起給他的。我都會放滿滿的牛奶和糖呢……大家下午也悠哉地享受一下志燮的口味吧！

志燮傳來的健康模樣：
一邊開會一邊吃飯的樣子。
嘴巴裡含著的不是菸，而是青辣椒……
可以從圍裙看出，正在享用牛肉。

Q. 喜歡的花？

A. 這個一直都沒有變過，香水百合。

Q. 喜歡甜食嗎？

A. 依照情況會有所不同，疲勞或鬱悶的時候就會吃。

Q. 喜歡的蛋糕或餅乾？

A. 起司蛋糕。

Q. 屬於會在咖啡裡加牛奶或鮮奶油的人嗎？如果有放糖的話，會放幾個？

A. 按照當下的心情不同，會加牛奶或鮮奶油；雖然不放糖，不過通常都會和搭配甜的東西一起喝。

2009-08-10

志玲 @ 北京

為了電影《非常完美》的宣傳活動，志玲現在正在北京喔！雖然照片可能不太清楚，不過應該是在講電話吧！如同在日本宣傳電影或電視劇時一樣，在北京也是從早到晚忙得暈頭轉向。

2009-08-24

由蘇志玲主演的日本 Bee TV《I am GHOST》

這次的作品，是由蘇志玲飾演的外國殺手和谷村美月擔綱演出的日本女高中生，所展開追逐戰的動作片。

志玲正在
看著 Love Letter

無論工作再怎麼忙，也要忙裡偷
閒地在咖啡廳享用甜點。

....

一個人外出

昨天晚上的拍攝工作比平常來得早結束，志變告訴經紀人自己要回飯店房間……可是卻不在房間！有些慌張的經紀人，趕緊打了電話給志變，他說他自己一個人出去了。由於還有一些剩餘的拍攝工作，經紀人擔心發生什麼意外，所以去了志變所在的地方一看，就像照片一樣，正著迷在遊戲裡。

2009-09-02
....

稍作休息

一到日本，天氣就很炎熱，不過也算是連日晴朗。聽說就算在烈日下，也努力地完成拍攝戶外的暴雨場景。

大碗的紅豆冰。看表情想必是吃得津津有味。

2009-09-03
....

又是甜點

並不是因為到了日本才開始吃甜食，而是為了暫時休息一下，才跑去咖啡廳吧？順帶一提，拍攝期間的餐點，好像都是便當居多。希望這次訪日，能夠有時間慢慢地享用一下美食。

五天的模樣

在日本待了好長一段時間才回國,眼前卻有很多的工作在等他,大概也沒有什麼休息的時間了吧。手裡不知道拿些什麼東西,到底在做什麼呢?

在車裡自拍

日本用餐

雖然這次停留的時間很短,不過還是抽空到外面的餐廳用餐。即便不是第一次吃涮涮鍋,但是一直以來都沒有什麼時間,所以才沒能吃到「涮涮鍋」。自己放進蔬菜之類的食材,開心地用餐。

白銀週

今天開始就是白銀週了,大家會怎麼過呢?放鬆休息的人、出外旅行之類的遊客、工作的人……希望大家都能度過有意義的白銀週!志燮永遠都會在這裡。

編註:白銀週(Silver Week),日本秋季九月下旬的連續假期。

Q. 如果你是女生的話，會想要和現在的自己談戀愛嗎？

A. **不知道有沒有值得戀愛的價值呢（笑）？不過限制很多，應該會很辛苦。**

Q. 會如何向你的摯愛表現自己的愛呢？

A. **我能做到的一切。**

Q. 現在最珍惜的寶物是？

A. **不是什麼東西，而是自己的身體（健康）。**

Q. 如果可以實現一個願望，你想要什麼？

A. **和家人一起觀光＆旅行。**

Q. 除了工作以外，會令你感到幸福的時候（原因又是什麼）？

A. **躺在床上的時候。**

日本用餐（2）

訪日時志燮很喜歡納豆，加上以前每次去日本的時候，都會在部落格寫到吃蕎麥麵的事情，聽說這次索性吃了「納豆蕎麥麵」。把納豆攪～拌好後，一口吃下肚！吃得很開心！經常都在吃熱呼呼的蕎麥麵，說不定拍戲拍得很熱時，吃一些冰涼的蕎麥麵會覺得更好吃喔！

關於成立辦公室

有些報導指出「蘇志燮要成立個人經紀公司」，關於新計畫，現在正在
準備正式向大家公開。

（編按：2009 年 10 月 16 日，51K 正式成立。）

2009-10-11
....

志燮訪日

剛剛已經抵達羽田機場了！今天的服裝造型是：白色的帽子、黑色的墨鏡、白色的Ｔ恤搭配牛仔褲，再加上黑色的運動鞋；脖子上圍著圍巾之類的東西。隨後沒有任何休息時間，就要開始進行會議了，即便如此，大家也一起說：「志燮，歡迎光臨！」

2009-10-12
....

志燮 @ 日本

昨天開會開到很晚，今天從下午到晚上還是得工作！
沒什麼休息的時間。がんばって（加油）～～

2009-10-13
....

抵達「國際論壇」

蘇志燮抵達「國際論壇」
了，現正在接受採訪。這是
今天表演場地的照片。幾個
小時後，就在這個舞台，他
就要登上舞台了！

2009-10-15
....

志燮返國

昨晚志燮已經平安返國了。工作人員偷偷在日本拍了志燮的模樣，這是昨天趁著採訪空檔正在休息的志燮。

志變的手

手機日記一周年紀念攝影 · 服飾展裡用來裝飾用的
手部銅像製作過程照片。大家說想要實際感受一下
志變大大的手和長長的手指，所以才拜託志變一起
合力製作而成的。照片裡看到在替手打模時，志變
靜靜等待的模樣。

2009-10-26
....

志燮正在凝視

送上在「國際論壇」的幕後志燮照。志燮正在看著螢
幕裡的表演場情況。

2009-10-30
....

志燮 @ 丸之內 Piccadilly

在舞台上的背影。
昨天的服裝是白襯衫，搭配深褐色的鵝絨背
心，以及相同材質的外套，此外還有羊毛條紋
褲與黑色亮面皮鞋。掛在脖子上的銀色項鍊，
就像在《非常完美》裡一樣，帶有紳士風味的
小項鍊。今天也是一如往常，從早開始不斷地
接受採訪。

2009-11-04
....

Happy Birthday Jisub

今年也會和去年一樣，收集好所有來自各位的生日祝賀，把背
景轉換成生日風以及調整好日期後，經由經紀人寄給志燮。問
他今天怎麼過？得到的答案是「節慶（果然）都是在工作」……

限量 T 恤 Vol.2 正式發售

志燮參與製作的「蘇志燮手機日記限量 T 恤
Vol.2」已經在今天下午四點正式發售了。衣服
尺寸可以參考附件照片，就和穿在志燮身上的一
樣。Vol.2 有黑色、綠色兩種顏色，不過黑色款
在領口、袖口以及下襬的部分，手工都較為細
緻。像志燮一樣搭配長袖衣服營造出多層次的穿
法，也很不賴喔！

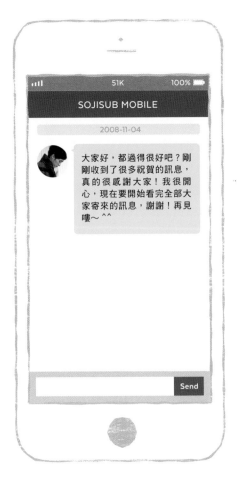

SOJISUB MOBILE

51K　　　　100%

2008-11-04

大家好，都過得很好吧？剛剛收到了很多祝賀的訊息，真的很感謝大家！我很開心，現在要開始看完全部大家寄來的訊息，謝謝！再見囉～^^

Send

寫真集

如果用一句話來形容這次的寫真集，那就是：真！的！超！好！看！除了足足有一百二十頁之外，還有超過三百張的照片。我這樣說大家可能完全沒什麼感覺，不過就算是沒有看過《I am GHOST》的人，也可以透過寫真集，看到拍攝場景以及志燮在拍攝現場的模樣，照片多到讓人彷彿有種親臨拍攝現場的錯覺。拍攝的休息空檔和真實搏鬥後的表情差異等，平常看不到的畫面，通通都收錄在寫真集裡！此外，

志燮親手創作的頁數，可愛、有趣得讓人非看不可！無比興奮！昨天才剛過生日的志燮，為了這次的工作又到國外去了。

2009-11-13

新聞報導

蘇志燮決定演出韓國電視劇《Road No.1》（國道 1 號）。

這是一部以韓戰為背景的感動巨作，將會是 2010 年韓國電視劇中最值得期待的作品。

劇情講述一個男人遇見命定的愛情和戰友，透過犧牲治癒了戰爭帶給他的傷痛，想必會是一部能讓觀眾穿越時空，產生共鳴的作品……

2009-11-18

志燮的近況

為了拍攝廣告前往紐約的志燮，雖然才剛剛回到了韓國，現在已經要開始慢慢參與明年一月開鏡的電視劇的準備會議了，大概從下個月就會開始進行動作訓練的樣子。志燮好像很快又要變身成下一個角色了，不過，在日本的志燮依舊是「GHOST」和「初寅醫生」。

2009-12-29

明年也請多多指教

大家好，今年只剩下三天了，今年也是志燮經常造訪日本的一年。工作人員們個個都不遺餘力，只為了要盡可能讓大家知道志燮的一切（甚至還偷拍了志燮在待機室的模樣。）

志燮也直接聽見了大家的聲音，提供了很多幫助，過去的一年，謝謝大家了！明年也請多多指教！祝大家新年快樂～

卷
3

一起

Q. 聽說在日本進行拍攝工作的時候，餐點都是便當，
那麼志變在韓國又是如何呢？

A. **韓國是吃飯卷（韓式飯卷），寒冬中凍得硬邦邦**
的飯卷，實在太令我印象深刻了。

Q. 志變最喜歡哪種泡菜？辣的，還是喜歡甜中帶鹹的
呢？

A. **只要是泡菜，我都喜歡！**

Q. 志變都在哪裡背台詞呢？在背誦方面有自信嗎？

A. **會在車上背，也會在家裡背，最常背的地方應該**
是廁所（？）。

Q. 請問經常站在舞台上的志變……視力好嗎？

A. **算好，我都會盡自己最大的努力去看清楚每一個人。**

Q. 志變會做料理嗎？

A. **一個人在家的時候，偶爾會自己做來吃。**

....

Happy New Year

祝大家新年快樂！取代新年賀詞的是……
壓歲錢 :))

2010-01-26
....

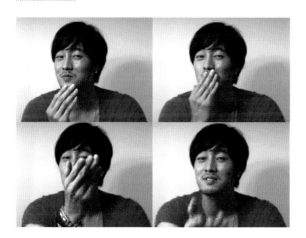

kiss

如同「NEWS」所報導的，蘇志燮將會在這個月底關閉日本官方網站。
為了感謝大家過去一年半的支持，將期間限定播放害羞志燮的「吻手」
手機短片！這段短片可是我們本著做虧本生意的心情拜託了志燮，在
此也感謝害羞著答應我們要求的善良志燮。

滿意的一張照片

在寒冬中進行拍攝工作的志變,充滿力量(先前受傷的膝蓋已經好轉了許多,現在沒有什麼大礙,正在努力拍戲,請大家放心),以後也會更加努力的!還請大家多多支持與愛護喔!

© 柴田文子

志變:「和平常的自己很不同,所以很喜歡。」

和志燮關係很好的☆ 51K 最年幼職員

跟大家介紹最近受到許多關注的 51K 吉祥物──「kiki」，受到了志燮滿滿關愛的 51K 辦公室最年幼職員「kiki」。照片正是眼神閃閃發亮的 kiki，以後也期待 51K 的吉祥物 kiki 有更多活躍的表現。

2010-03-04

全新挑戰

3 月終於來了！有一種春天越來越近的感覺呢！不知道大家有沒有努力實踐新年的新目標呢？3 月，在韓國是新學期新開始，也代表著新出發的意思，而志燮和大家一樣朝著自己的目標狂奔而去。

※ 要告訴大家一件事，雖然可能已經有人知道了，那就是韓國即將在 3 月 26 日舉辦的「第四十六屆百想藝術大獎」中，入圍最佳男主角的志燮說：「光是能和厲害的演員們一起被提名，對我來說已經是很大的意義了；最重要的是，要謝謝各位對我的支持！」

Q. 韓國人都很喜歡吃辣，志變也是嗎？就算很難受也
沒關係嗎？

A. **我還滿喜歡吃辣的。**

Q. 聽說拍攝《國道1號》時，天氣非常冷，請問志變比
較怕冷還是怕熱？

A. **我反倒比較能接受寒冷。**

Q. 志變有自己的手機，那麼在寫信的時候會使用表情
符號嗎？通常會使用什麼樣的表情符號呢？

A. **偶爾會用一用微笑 ^^ 之類的。**

Q. 想問喜歡吃辣的志變，這次我去韓國玩的時候，有
什麼韓國料理是最辣、最能讓人難受到流出眼淚的
呢？

A. **辣到流出眼淚的食物⋯⋯「火雞」（불닭）；「火」
裡的「雞」，就字面上的意思看來，便能知道是
相當令人難受的雞肉料理。**

Q. 志變喜歡喝酒嗎？很會喝嗎？可以喝多少？

A. **非常會喝，燒酒（韓國燒酒）兩瓶。**

幸運兒

和大家說好的，今天要公布由志燮親自抽出的情人節＆白色情人節特別活動「請向志燮告白☆」的得獎名單！

白色情人節禮物

看過志燮本人親自抽籤的影片了嗎？大大的志燮拿著小小的箱子，可愛到不行的模樣已經在工作人員之間流傳開來了呢。還沒看的人，記得快看一下！有一件好消息要告訴大家！志燮為了安慰那些沒能被抽中的人，決定送上獨家照片。

「無論在哪裡……，做些什麼……，永遠……，都會一如往常地……，想起你……」———蘇志燮 2010-03-18

百想藝術大獎

在「第四十六屆百想藝術大獎」的頒獎典禮照片。與許多演員一起在紅地毯上亮相,造型相當特別!特地在拍攝電視劇期間抽空出席,所以要在這裡讓大家看看還沒有播映的《國道1號》造型。大家覺得怎麼樣呢?希望大家能夠多多支持依然帥氣的志變和電視劇。

花禮物

這個月的主題活動「為什麼要這樣呢？志變！」（志變很開心地看著大家的訊息大笑了呢）現在還在持續募集中，請大家多多幫忙了！

下個月的主題活動是：「最經典的畫面！」請從志變迄今演過的所有電視劇或電影中，挑選出最令您印象深刻的一幕（台詞、畫面、舉止等皆可），期盼大家踴躍投稿喔！

☆ Love Letter 得獎者禮物☆我們會從上傳 Love Letter 的所有人當中，抽出一位幸運兒，送上志變親筆簽名的卡片～以及一朵玫瑰花作為禮物。

★大家心目中「最經典的畫面」

HELEN：每一部作品都有自己的優點，實在很難從中選出一幕，不過我很喜歡韓國電視劇或電影當中吃東西的場面。我很喜歡在《對不起，我愛你》中有一幕四個人吃麵吃到一半，恩彩幫其他三個人擦嘴巴的場面。每次看的時候，都能感受到對著自己喜歡的人，那種珍惜的感覺，即便不用說任何話，也能從無心的舉動傳達自己的心意。呼～我身高165cm，所以格外喜歡恩彩踮腳演出的愛情戲，覺得實～在～太～可～愛～了！電影的話，則是一直忘不了姜培打破綠色酒瓶時的眼神，有種玻璃碎片也插進我心裡的感覺……3D的感覺（志燮說這聽起來有點像什麼刑事案件～）

MINA：嗯<(__)> 作品太多了，所以印象深刻的場景也很多，不過如果硬要從中挑選出讓我嚇一跳的瞬間的話，應該是在電視劇《峇里島的日子》裡，仁旭和水晶最後一起逃往峇里島，在游泳池游泳後，看著在池邊椅子上休息的仁旭側臉吧～瞬間，我好像中了什麼魔法似的，好帥喔……

2010-04-21

笑著再見

志燮將會出現 23 日，韓國公開的新
人歌手音樂錄影帶！（曲名：笑著再
見）大家是不是迫不及待想要看到志
燮揣摩悲痛愛情的模樣呢？聽說拍攝
當天，天氣相當寒冷，拍得很辛苦。
看著費盡千辛萬苦才拍攝完成的作
品，志燮也很滿意。

2010-04-26

來自拍攝現場的訊息

今天也在努力拍戲的志燮，因為想起了各位，所以送來了親自拍的照片
喔！志燮說忙到不行的拍攝日程雖然很累，但是一想到很快就能透過電
視劇和大家見面，馬上就能振作起來。志燮，加油！

各位的黃金週

期待許久（？）的黃金週終於要來
了！大家有沒有訂好休假計畫啊？志
燮每天每天都要拍戲，所以覺得很羨
慕可以享受黃金週假期的大家呢！
今天登場的是好久不見的 51K 象徵
—— kiki，長大很多耶！請大家連志
燮的份一起好好享受黃金週吧！

2010-05-21

志燮推薦的料理

韓國連日來都熱得像是夏天已經來了似的，正值螃蟹季的此時，聽說
志燮也在週末吃了醃螃蟹喔！（※ 醃螃蟹是以新鮮的生螃蟹，加入辣
椒醬、醬油為基底醬料，醃製而成的海鮮泡菜。）

志燮說：「當季的螃蟹非常美味，希望在日本的大家也能嚐嚐這個味
道。」究竟志燮吃的是醬油口味，還是辣味呢？大家覺得答案是什麼
呢？

kiki's family

51K 有喜了！想必已經有人知道了吧？

「一直以來都只覺得她很可愛，居然在不知不覺之間就變成『媽媽』了，實在太令人感動了。」－蘇志燮

Kiki 生下了和她長得很像的狗狗，變成媽媽了。
Kiki 很健康，kiki junior 們（公：一隻，母：兩隻）也都很健康、活潑呢！恭喜 kiki！

PS. 上次志燮吃的醃螃蟹是「辣味醃螃蟹」，請大家一定要嚐嚐看。

蘇志燮親筆寫的圖示登場！

為了對長期使用手機日記的大家表達謝意，從下個月開始，將可以在主選單裡看到由志燮本人親筆寫下的圖示按鈕喔！（志燮寫的時候可是相當仔細、用心）

トボァ～

約束

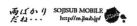

雨ばかり
だね・・・

無理
しないでね

お疲れ様！

Thank you !?

すき♡

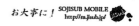

お大事に！

頑張れ！

いつ会える？

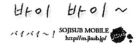

バイバイ～！

おやすみ〜 SOJISUB MOBILE
http://m.jisub.jp/ JISUB

今、どこ？ SOJISUB MOBILE
http://m.jisub.jp/ JISUB

Happy Birthday?
생일 축하！
お誕生日 SOJISUB MOBILE
おめでとう〜 http://m.jisub.jp/ JISUB

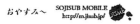
보고 싶어요
会いたいです。 SOJISUB MOBILE
http://m.jisub.jp/ JISUB

A Happy New Year！
세해 복 많이 SOJISUB MOBILE
받으세요！ http://m.jisub.jp/ JISUB

데갸루
쟈갸루 SOJISUB MOBILE
http://m.jisub.jp/ JISUB

おひさしぶり！
オレンマン！ SOJISUB MOBILE
http://m.jisub.jp/ JISUB

전화 해 주세요！
お電話下さいね SOJISUB MOBILE
チョナヘ チュゐヨ http://m.jisub.jp/ JISUB

잠깐만...
ちょっと待ってね SOJISUB MOBILE
チャッカンマン キダリゐヨ〜 http://m.jisub.jp/ JISUB

2010-06-16

結束《國道1號》最後一場戲……

終於拍完《國道1號》的最後一場戲了！志變為
了大家，傳來了訊息。

2010-06-18

在《國道1號》見面會現場

今天是舉行「國道1號」見面會，
照片是在見面會空檔時在待機室所
拍下的，快要能夠見到莊雨了……

2010-06-23

終於開始了！

大家等了又等的電視劇《國道1號》終於要在韓國
播映了！志變也很緊張呢！雖然七月才會在日本上
映，不過也請大家從現在就開始多多支持喔！

PS. 照片是 6 月 22 日媒體試映會上的模樣。

「最後一場戲結束了，一想到李莊雨馬上就要跟大家見面，心情很是緊張。託一直留在原地給予我支持的各位的福，讓我能夠有機會遇到這麼優秀的作品，繼續演下去。」——**蘇志燮**

2010-07-16
·······················

好好看著～

今天送上好久不見的志燮。這是志燮趁著工作的空檔來了一趟辦公室時所拍下的照片。「我在韓國也有好好看著手機日記喔！」志燮一邊看著手機一邊說著。

2010-07-22
·······················

kiki、koko、koka、kaka

志燮已經決定好 kiki junior 們的新家人和名字了：koko、koka、kaka！

Q. 很可愛的 kiki 有什麼拿手的絕活嗎？

A. **過來。**

Q. 我正在打保齡球。志變也會打保齡球嗎？打得如何？

A. **我，超會打保齡球。**

Q. 志變在度假地是活躍型還是休憩型呢？

A. **在度假地時，有百分之八十是活動型，百分之二十是休閒型。**

Q. 志變有沒有睡前必做的事情呢？

A. **睡前一定會刷牙。**

Q. 志變會看外國電影嗎？你有印象或是喜歡的作品。

A. **我喜歡《羅密歐與茱麗葉》。**

2010-07-30

志變，在做什麼？

最近幾天這裡完全熱到不行啊！大家要多多注
意身體！志變在辦公室正在做什麼呢？就交由
大家去想像了。

2010-08-03

kiki 的旁邊是……

kiki 的小孩已經通通去了新家人那裡了，一
下子沒了一起嬉鬧的小狗們，kiki，還好嗎？
不過，kiki 的身邊還有志變啊！不用擔心
koko、koka、kaka，因為新家人們會好好
疼愛他們的。

2010-08-05

《國道 1 號》@ 日本

《國道 1 號》已經在 7 月 31 日於日本進行首映
了！ 對於戰爭的題材會不會覺得有些陌生呢？
志變反而很好奇大家的反應。

莊雨和志燮

送上拍攝現場新模樣。無論是莊雨,或是志燮,都超帥的!Fighting!

2010-08-27

蘇志燮的路

志燮的寫真散文集將會在 8 月 31 日(二)於韓國正式發行。為了向大家呈現韓國景致相當優美的江原道,可是非常用心製作。敬請期待滿載志燮心意的《蘇志燮的路*》。

* 編按:中文繁體字版,大田出版。

2010-09-29

Love letter ☆ From Jisub

大家的中秋節過得還好嗎？天氣開始有些微涼，看來秋天的腳步已經近了。志燮也終於選定下一部作品了，不過……還是祕密！

2010-10-05

志燮的帽子 GET ！

在韓國10月4日被稱作「天使節＊」，為了紀念今天，決定要舉辦「作家的私人珍藏拍賣會」，志燮也以作家的身分參與了活動。

＊譯註：1004與韓文中的「天使」發音相同。

2010-09-29

現在還是像以前一樣，啊！覺得什麼都很有趣而下不了決定，東想西想了很多……明知自己如此，卻因為選擇變多了，所以覺得很辛苦啊！心裡想著，原來變成大人就是這樣啊……以後勢必會更辛苦了吧……總之，就是思緒很多的秋天。
至於大家好奇的作品麼，請再忍耐一下吧！等到整頓完畢就會告訴大家的，很想要快點從新作品回歸和大家見面。現在，我大概又得為了準備新作品而忙得暈頭轉向了。大家小心身體，不要感冒了。支持我的聲音，我都聽到了，謝謝大家！

Send

WOW FES @ From Jisub

在 24 日所舉辦的「WOW FES! 2010 韓國電視劇」上，完成《國道1號》的試映和見面會後的志燮回到了韓國。返國後，便表達了感謝大家對他的支持 ^-^

2010-11-08

謝謝

來自各位的厲害禮物，都會好好轉送到志燮手上的。真的很謝謝！

Pepero Day @ From Jisub

韓國最近變得越來越冷了，大家都
要小心身體，不要感冒了！之前
的 11 月 11 日 Pepero Day（日
本的 Pocky Day），志燮也為大
家準備了巧克力棒喔！！雖然晚了
一些，不過還是希望大家都要幸福
喔！

2010-12-03

和 kiki 一起

最近的韓國變得好冷喔！所以 kiki 也穿上了保暖的衣服 ^^ 志燮和
kiki 度過了相當快樂的時光～好像從 kiki 身上得到了力量呢！

2010-12-08

聖誕節 in 51K

51k 已經滿溢著聖誕氣氛了呢 ^^ 可愛的辦公室！志燮也幫了一些忙 ^^ 大家是不是也開始著手準備布置聖誕節了？

2010-12-16

聖誕節 in 51K (2) From Jisub

「2010 Korea Lifestyle Awards」志燮被選為「最佳著裝名人」。

謝謝

在 11 月 4 日的手機日記活動送來的留言卡片,已經送到志燮手中了。大家滿滿的熱情和情意把志燮嚇了一大跳。「第一次一下子收到這麼多卡片,真的很謝謝大家。」志燮一定很開心收到這份聖誕禮物。

Merry Christmas ！祝大家聖誕快樂！

2010-12-29

My Dream

今年只剩下三天了呢！大家 2011 年有什麼樣的夢想呢？把直到現在都沒有忘記的夢，或是 2011 年的夢想（抱負）告訴志燮吧！

★大家的 MY DREAM!

Miye: 今年的第一個夢：迎面吹來了讓心情變得很好的風，躺在草地上凝望著蔚藍天空的我，盼望著紛爭、天災人禍、飢餓……會為人類帶來痛苦的一

切，通通消失，於是我快樂地流下了眼淚。突然看了看身邊，發現志燮也很快樂地看著天空，我們匆匆地相視而笑，度過了一段彷彿身處雲端的快樂時光。醒來之後，有好一陣子心情還是沉浸在夢裡。

Chuidderumon：提到我無法忘懷的志燮夢，是一個志燮全身濕答答也不撐傘，就這麼站在那裡的夢，而我也只能在一旁看著他；認出我的志燮，默默地在身後守護著我，當下我能清楚感受他的親切和熱情。從夢裡醒來之後，有好長一段時間……都覺得是真實發生的事情。m(＿＿)m

Q. 韓國人好像都很喜歡登山，志變也會經常去爬山嗎？
喜歡嗎？

A. **我也喜歡登山。**

Q. 志變不用工作的時候（雖然我想應該很少），都是如
何度過的呢？

A. **運動、看書，或是見見老朋友，紓解一下壓力。**

Q. 志變每天都要做的運動是什麼？我每天都做腹肌運
動＆散步三十分鐘左右，持續了兩個月，只減掉一
些體重、體脂肪，肚子好餓喔……

A. **每天都會持續做有氧運動。**

Q. 之前聽說志變每天都持續不斷地做有氧運動，想請
問每天都會運動多久呢？

A. **一天大概一個半小時左右（？）。**

卷

④

只有你

☆ Happy New Year 2011 ☆

送上志燮的新年活動情報!

志燮決定演出電影《只有你》,敬請期待化身拳擊選手的他吧!希望
2011 年對大家都是一個好年!為了大家準備的志燮料理。

2011-01-11

在現場……

正在拍攝廣告的志燮,趁著拍攝空檔
吃了點心 ^^ 點心之一的「炒年糕」
超辣的!

料理

2011-01-14

狗仔隊系列（1）

志燮和 kiki 在一起的模樣。

2011-01-26

檸檬茶 @ From Jisub

志燮親手調製的檸檬茶，請趁熱
享用。

2011-02-03

又過年了！

今天是韓國的新年，再一次～新年快樂！

志燮在哪裡？

志燮在全新的地方登場了！
他在這裡做什麼呢？
請大家猜猜看 ^ ^

PICK UP LINE

猜到「志燮在哪裡？」的地點
了嗎？他正在為準備發表的歌
曲進行錄音，MV 裡帥氣的志
燮！請多多支持志燮的新歌！

在 MV 拍攝現場

志變的新歌〈Pick up line〉如何呀？在韓國可是引起了超熱烈的回應，應該有人已經看過 MV 了，在 MV 裡出現了各式各樣的小玩意，現在要讓大家看看其中一個志變在拍攝現場使用過的東西。

登陸日本

剛剛下飛機後，正在前往飯店的路上。謝謝特地到機場迎接志變的大家，敬請期待明天的粉絲見面會吧。明天見嘍。

在待機室

首場的粉絲見面會已經順利結束了。稍微休息一下，第二場再見了～

Pick up line
MV

（影像取自於網路）

狗仔隊系列（2）

韓國的天氣變得暖和許多，首爾現在好像已經可以見到櫻花的蹤跡了呢 ^^ 我們前往志燮拍攝廣告的現場，偷偷拍下他的背影。

Q. 志變的冰箱裡永遠都有的食物是什麼？

A. **泡菜（？）。**

Q. 要做料理或下酒菜的志變，會出門逛街購物嗎？是到超級市場還是便利商店呢？

A. **當然。**

Q. 經常看到志變戴帽子的樣子，私底下也是如此嗎？有多少頂帽子呢？喜歡什麼樣的帽子？

A. **很常戴，不過來來去去都是那幾頂。**

Q. 我最近開始打高爾夫球，志變也會打高爾夫球嗎？

A. **我也會打高爾夫球，但是如果不好好練習的話，實力是不會提升的。**

Q. 喜歡閱讀的志變，主要都是看什麼種類的書？

A. **不太挑種類看。**

Q. 志變做的蛋餅，無論是形狀，還是煎烤的程度都控制得好好吃☆☆請告訴我放了些什麼調味料？我也要用和志變一樣的醬料製作☆☆

A. **我幾乎沒放什麼調味料，可能有糖吧？**

在拍攝電影現場

電影《只有你》第一幕，拍攝完畢！

2011-04-06

春天來了！

韓國最近變得很溫暖，白天的時候已經可以穿著短袖了。希望大家也有個溫暖的春天。

2011-04-12

拳擊手變身中！

日本的櫻花已經盛開了吧？韓國這個禮拜好像也已經可以去賞花野餐了～在首爾，有很多人都會前往一個叫「汝矣島」的地方賞花。不過，志燮現在正在變身成為拳擊手！已經很有專業拳擊手的味道了呢 ^^ 萬～分～期～待，志燮的新電影！大家也請拭目以待。

2011-04-19

享受春天的 kiki

這個禮拜託櫻花的福，街道變得分外美麗。天氣很暖和，kiki 也能經常出外散步了 ^^ 享受春天中的 kiki ？

2011-04-27

忙碌的每一天

4 月馬上就到了尾聲，志燮最近都在忙著拍戲，每天都要好好打理自己的行程 ^^ 今天又是在拍攝什麼樣的場面呢？

2011-05-03

新家人

號外號外！51k 有了新家人！讓吉祥物 kiki 陷入緊張的主角是⋯⋯？貓咪 kato ～（不是日本姓氏「加藤」喔！）以後也請多多關照 kato 了！

2011-05-20

kiki 長大了！

近來 51k 的話題人物是 kiki！原來 kiki 已經長這麼大啦！

2011-05-26

好好守護著

新住進辦公室的 kato 好像已經很熟悉這個地方和志變了耶！縮短了和志變的距離……希望 kato 也能好好守護志變 ^^
話說回來，志變在看什麼呢？

有 kiki 守著

6 月 3 日的時候，有很多人去了志變的電影拍攝
現場，真心感謝大家對志變電影拍攝工作的熱烈
支持。有 kiki 這樣守在志變身邊，大家都可以放
心了！

2011-06-16

拍攝《只有你》

電影《只有你》拍攝工作好像已經接近尾聲了，今晚起，志變將會出
國拍攝最後一場戲。志變，要好好撐到最後啊～！

2011-06-20

現在的志變？

各位有沒有度過一個酷炫的週
末呢？志變的海外拍攝行程已
經順利結束了，並且在昨天回
國嘍～此刻正在和 kiki 享受久
別重逢的時光！

Q. 我在國中教數學，不知道志變在學生時期數學好嗎？

A. **數學完全是天方夜譚。**

Q. 原來志變會做自己喜歡的料理啊！之前聽說志變因為害怕菜刀，所以用水果刀做料理，現在還是嗎？

A. **現在還是用水果刀……**

Q. 覺得自己好像「感冒了」的時候，這時的志變會做些什麼呢？

A. **先去打針！**

Q. 我是那種不把這個，不把那個放進包包的話，就會覺得很不安的人……志變的包包也有很多東西嗎？有沒有必帶的東西呢？我的話，一定要戴眼鏡、隨身藥物、iPod。

A. **一定要選的話，手機吧。**

Q. 水果刀可以讓刀工變得很細緻吧？舉例來說，像是把紅蘿蔔切成星星形狀……？！(*_*)

Q. **要做成星星形狀，有點勉強……**

Q. 從《蘇志變的路》得知志變喜歡雨天，為什麼會喜歡雨天呢？

A. **不知為何，雨聲好像有撫慰心靈的力量，所以我很喜歡。**

Q. 我因為太喜歡海帶，所以每天都吃，志變有沒有什麼喜歡到每天都吃的料理呢？

Q. **我喜歡的不是小菜，我很喜歡蒜頭，所以料理的時候經常都會放很多。**

Q. 志變，kiki 最可愛的時候是什麼時候呢？☆ Happy Birthday Dear kiki(^O^)

A. **kiki 常常都很可愛，最可愛的時候大概是叫也叫不來，自顧自耍傲慢的時候吧？**

kiki 現在在幹麼？

日本的梅雨季是不是已經開始
了？韓國明天好像會下雨的樣
子。kiki 現在？！在幹麼呢？
那是「手」！做得真好～kiki
（kato 正在一旁盯著點心）

kato 現在在幹麼？

如同天氣預報，現在正在下著滂沱大雨，迎來了久違的涼意。之前曾經
讓大家看過 kiki 的現況，這次則是輪到 kato 了！ kato 正和志燮相親
相愛中？（笑）

今天的午餐⋯⋯！

韓國已經正式進入梅雨季了，今天是志燮久違的休假，所以特地來了一趟辦公室，還在這裡吃了午餐，而今天的菜單是「燉雞」（味道很棒的辣燉雞肉 ^^）！大家都吃了些什麼呢？

2011-06-28

注意！

51Kafe 預計 7 月 22 日開幕！

挑動心弦的一句話

下個月的主題活動是「心裡的一句話」，朋友給的一句鼓勵的話、從電影或電視劇聽到一句讓人感動得無法忘懷的話、在書裡看到一句挑動心弦的話等等……請將能讓在大熱天下工作一整天的志變得到鼓舞的話，或是心裡面的那一句話，傳過來吧！

★挑動各位心弦的一句話！！

Muchanna: 在電視上看到一個殘障的運動選手說：「努力過後，終能見到花開」。即便我現在已經年過三十了，還是為了考取證照而努力讀書。志變，我們一起見證美麗的「花開」吧！(≧ ∀ ≦)

紫式部：「在認識你之前，我一直以為房子土地、地位名聲或學歷，是我的財產，直到偶然遇見了我人生真正的財產——你」。這是一句寫在我自己很喜歡的紫色土耳其桔梗花信紙上的話……這張信紙，成為了我珍藏的寶物……即便沒有永恆的愛，但是經歷和回憶卻是永恆不滅的……

七月的開始

今天起就是七月了耶！一年也已經過一半了。有沒有確實實踐年初訂定的計畫呢？不知道志燮畫這個達摩 * 的時候是想著什麼呢？無論是什麼，大家一起來替志燮祈願一切順順利利！

* 譯註：達摩（日文：だるま）被視為佛教流派之一，禪宗的開山始祖。在日本，將達摩坐禪的模樣製作成人偶或玩具，帶有招來好運的意思；製作時，會先空下眼睛的部分，之後再一邊祈求願望成真一邊畫上眼睛。

時尚潮人

又是全新的一天！志燮成為了大家公認的時尚潮人耶！現在綁在頭上的頭巾，聽說是在日本買的喔！真適合志燮～

Q. 除了納豆蕎麥麵之外，還有什麼想在日本吃的嗎？

A. **我喜歡壽司，還有涮涮鍋！**

Q. 我正在看《蘇志燮的路》，志燮會釣魚嗎？是釣大魚那種嗎？海魚嗎？是什麼種類的呢？

A. **小時候住過靠碼頭的村莊，所以會用一般釣竿釣釣魚。**

Q. 減肥中肚子餓了怎麼辦？

A. **肚子餓的話，吃香蕉不錯；另外，我在拍戲的時候，偶爾會吃一點巧克力。**

Q. 每天都很忙的志燮，閱讀的時候會一口氣看完一本書嗎？

A. **我通常都是一次同時看好幾本書。**

Q. 新住進 51K 的「kato」是什麼品種？幾歲？

A. **品種是金吉拉，年紀不是太清楚，醫院說大概兩歲左右。**

原創菜單

51K 的 51Kafe 裡，將會有志燮親自試過味道的 51K 原創菜單。現在正在試什麼東西的味道呢？真想快點開幕，快點嚐一嚐味道啊！

兩人特寫

最近 kato 的人氣持續高漲，特地送上 kato 和志燮的兩人特寫照。

51Kafe 即將開幕！

越來越接近志燮創立的 51Kafe 開幕日。這是志燮費了很多精神，用心準備的咖啡廳，希望大家要多多支持喔 ^^ 順帶一提，背影看起來很結實吧 ^^

2011-07-14
....

慶功宴

今天早上志燮受頒為「韓國觀光之星」。謝謝
大家！是不是該來個慶功宴呢？

2011-07-20
....

試菜單

韓國的梅雨季已經結束，天氣變得相當晴朗，而
且這樣的天氣還在持續中喔！志燮最近常常到咖
啡廳，努力試著菜單呢！不知道味道合不合口味
呢？

2011-07-22

賀！盛大開幕！

終於在今天開張了。來了很多
人，也很順利開幕嘍～真的很
謝謝大家！以後也請多多支持
51Kafe。

2011-07-27

拍攝廣告的現場！

咖啡廳開幕的時候，來了很多從日本遠道而
來的人，真的把我們嚇了一大跳，謝謝！從
拍攝廣告現場回來的志燮，正在透過螢幕監
看著自己呢！果然是做事仔細。

2011-08-10

休息的日子……

志燮放假的時候，會見見朋友，和大家一起喝
酒玩樂，這次勢必也是在自己喜歡的酒館度過
愉快的時間了吧！美味的食物和酒，再加上朋
友……志燮看起來好幸福～太好了！

感激身邊的一切！

每拍攝一張照片，就會有很多人在志變的身邊幫助他，我想，也是因為有了這些人的幫忙，才能讓大家看到志變最帥氣的一面吧！

2011-08-22

全新的 51K！

大家好，51K 的辦公室總算搬家完畢了！在全新的地方，有一個全新的開始，以後也請大家要一如過往地支持志變和 51K 喔 ^^ 以後也請多多指教了～

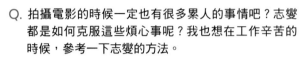

Q. 拍攝電影的時候一定也有很多累人的事情吧？志燮
都是如何克服這些煩心事呢？我也想在工作辛苦的
時候，參考一下志燮的方法。

A. **運動，或是把音樂開得很大聲，然後開車兜風。**

Q. 我很喜歡韓國泡麵，志燮有沒有什麼吃韓國泡麵的祕
方？請告訴我讓韓國泡麵變得更好吃的方法。

A. **雖然我不是很常吃泡麵，不過吃的時候可以加蔥
或豆芽菜。**

Q. 最近好像都在忙著拍電影吧？想知道一些關於拍攝現
場的花絮。

A. **最近都在用剪刀石頭布決定誰要請喝咖啡 ^^**

Q. 拍攝現場誰的剪刀石頭布最差？不會是……志燮
吧？

A. **我很強，大概只輸過一、兩次 ^^**

Q. 我們家的貓很喜歡天津栗子，有時候也會吃。kato
除了貓食之外，還喜歡吃些什麼食物呢？

A. **只要是點心都很喜歡，有時候還會對 kiki 的份
虎視眈眈！**

Q. 聽說在日本有很多男女演員都會檢查自己主演的電
視劇或電影，志燮也會看自己演的電視劇或電影
嗎……？！

A. **我也會檢查！正在看。**

電影《超完美殺手》開鏡

志燮的新電影《超完美殺手》已經在上星
期開鏡了，在星期日進行第一場戲的拍攝
工作。搶先讓大家看看這個看似平凡上班
族的炯道與《只有你》所飾演的哲民，又
是截然不同的感覺！

2011-08-29

今天的午餐

今天初次在新廚房製作了料理。今天的菜單：「豬肉燉泡菜」，是利用
豬肉和泡菜做出的辣味燉煮料理，志燮看起來相當滿意的樣子。

志燮：做得好吃的祕訣在於「徹底燉煮泡菜！」

2011-09-06

嶄新的心情！

終於要公開志燮在新辦公室的模樣了！看到搬家後，整理得乾乾淨淨
的辦公室，很是滿意的樣子。在嶄新的辦公室，以嶄新的心情！
★新辦公室長什麼樣呢？

2011-09-07

昨天的志燮……

《只有你》在首爾舉辦了觀眾試映會。電影開始之前，悄悄去了一趟咖啡廳和導演聊天的志燮，好像有一點緊張喔？

2011-09-08

注意 !!「第十六屆釜山國際電影展」選定《只有你》為開幕電影。

2011-09-12

韓國的秋夕

今天是韓國的秋夕，在韓文當中又稱為中秋節（한가위），「中」字的由來意指這是一年當中最為豐收的日子。希望志燮和 kiki、kato 都能好好休息，好好享受一下秋天的氣息～

2011-09-19

午後的時光

今天的狗仔隊跟拍到了 kiki 和志燮，兩人的獨處時光！享受著耀眼午後陽光的他們，看起來真是幸福。受到滿滿關愛的 kiki，也變得越來越可愛了呢。

休息的日子

今天要公開好久沒做的「幕後志變」！（雖然只是不久前的模樣 ^^; ）志變工作的時候，就全心投入在工作！休假時，就全心投入在休息呢！不過今天，正！在！工！作！

---

kato 喜歡的地方

不知道從什麼時候開始，就已經變成了涼風四起的秋天了；不知道是不是因為感受到季節的轉換，kato 最近經常坐在窗邊凝視著外面。志變最近已經變成電影《超完美殺手》裡的炯道，過著相當忙碌的上班族生活呢！《只有你》將於 10 月在釜山進行首映……有好多可以和各位見面的機會。不過在那之前，為了能讓大家搶先看到《只有你》，從 30 日（五）起將會接連公開《只有你》預告篇，敬請期待～

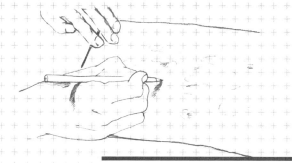

Q. 請問志變一天都喝幾杯咖啡呢?

A. **一天一定會喝一杯。**

Q. 我是一個三十八歲的家庭主婦,有一個二十歲的大女兒,還有四歲的小女兒,總共有三男兩女,五個孩子。志變喜歡小孩嗎?以後結婚想要生幾個小孩呢?

A. **我喜歡小孩,兩個以上還不錯,比較不會孤單 ^^**

Q. 想要知道志變平常都如何鍛鍊身體的呢?我們家老公很憧憬志變的體格,請一定要告訴我☆

A. **每天都做有氧運動,然後最近正在減少肌力訓練;只要能持續做一百天的話,任何人都可以擁有好身材的。**

Q. 天氣越熱,就變得好想吃冷麵喔!志變比較喜歡水冷麵還是涼拌冷麵呢?

A. **涼拌冷麵也不錯,不過天氣熱的時候,會選冰涼的水冷麵。**

Q. 志變最近有沒有想要挑戰的料理呢?是什麼樣的料理?也請告訴我料理的樣子!還是之後有什麼想挑戰的料理,也請一併告訴我 o(^-^)o

A. **最近想要挑戰的料理是:蔘雞湯,是很大的挑戰。**

Q. 很喜歡聽志變的〈雪之花(눈의 꽃)〉,現在還會哼些什麼歌曲嗎?

A. **電台播放的時候,就會跟著哼哼唱唱。**

這裡是釜山！

大家一定很好奇志燮今天的模樣吧？稍後他才會再登場，敬請期待～

今天的志燮 @ 釜山

志燮再度登場了！因為電影《只有你》要在釜
山進行首映，志燮好像也有點緊張……今天的
志燮是這種感覺。（和導演來個兩人特寫 ^^）
請大家多多支持志燮和《只有你》！

2011-11-02
....

志燮 VS. kato

好久沒來辦公室的志燮。不知道是不是因為太
久沒見了，kato 好像已經忘記主人了。有一點
提防著志燮的 kato。

Sweet Jisub

對這隻牛奶熊感到好奇的人,請
仔～細看清楚抓著牛奶熊的手喔!
正是志燮在今年白色情人節所拍下
的照片。甜蜜的糖果和可愛的牛奶
熊～為各位送上甜蜜的志燮 ^^

今年,心也在一起

來自各位的生日卡片已經平安抵達辦公室了,也
送到了剛剛進到辦公室的志燮手上。用心地讀著
一張、一張訊息的志燮。

「今年大家的心也和我在一起了,時時感
謝!」——**蘇志燮**

《超完美殺手》炯道

韓國好像已經進入冬天了,變得好冷喔!
聽說(從新聞)首爾在星期二凌晨的時
候,下了一點初雪;除此之外,志燮為了
電影《超完美殺手》,每天都忙得不可開
交,不久之前還拍了《超完美殺手》的海
報。等一下!那個可愛的扇子,是誰的東
西?該不會是志燮的吧?

2011-11-30

志燮的美國

越來越接近年末了，想必大家也收到了很多尾牙的邀請吧，我們要在這裡為大家送上志燮眼裡的美國。

2011-12-02

要給志燮的料理呢？

2011-12-06

殺青

電影《超完美殺手》終於殺青了～四個月左右的拍攝，就像走馬燈一樣。雖然拍攝的過程很辛苦，不過這是志變會讓大家印象深刻的一部作品吧！

2011-12-13

kato 和志變

好久沒到辦公室來的志變，正在和 kato 一起度過相親相愛的時光。kato 看起來好像有一點難為情？

2011-12-24

微妙的三角關係

志變被 kiki 和 kato 包圍的愛情故事明年也會繼續下去的！

在泰國

在電影院

學吉他

Q. 志燮如果完成了工作，可以休假了，會想要做些什麼？

A. 啊～好想去旅行。

Q. 志燮趁著宣傳活動和拍攝工作來了一趟美國耶，待了幾天呢？有沒有打了志燮喜歡的高爾夫球呢？

A. 大概十天，打了高爾夫球，還跳了傘 ^^

Q. 看了三次《只有你》(*^_^*) 是一部讓人看了想再看的電影。志燮會和朋友，或是自己去電影院嗎？

A. 當然會去電影院 ^^ 經常都是自己一個人去。

Q. 志燮有吃過便當嗎？請告訴我最喜歡便當的哪道菜？

A. 還沒有吃過便當，不過以後很想去日本饒富韻味的鄉下旅行一次。

Q. 會以什麼樣的標準衡量演出的作品呢？

A. 被作品當中的「某個場面」吸引了，立刻就能決定出演。

Q. 很注意自己身體健康的志燮，有沒有每天一定要吃的食物呢？像我就會吃豆類製品☆好像對女生的身體特別有幫助……請志燮也說說你的是什麼吧☆

A. 食物？我最近每天都一定會吃 Omega-3 和維他命。

喜歡

迎接新年……

遲來的問候！祝大家新年快樂！用全新的心情，從事情很多的 2011 年，跨步邁向 2012 年吧！

2012-01-12

好好休息過後

志變的近況帶來了！在給美國好好休息過後，回來了。久違地得到了充分的休息，真是太好了。2012 年也一起努力吧！

Q. 志變比較喜歡肉還是海鮮呢？

A. 以前比較喜歡肉，最近比較喜歡海鮮。

Q. 志變會覺得孤單嗎？有很多興趣的你，應該不會有這種感覺吧……

A. 我也會覺得孤單，隨著年紀而不同。

Q. 2012 年志變會在什麼地方？用什麼方式迎接新年呢？

A. 我在美國，慢慢地迎接新年。

Q. 志變有過睡不好的時期嗎？有沒有什麼有效改善的方法可以告訴我 m(__)m

A. 我睡不著的時候，不會硬要勉強自己睡著，因為這樣反而更會睡不著。等兩、三個小時過後變得疲倦時，就能入睡了。

Q. 志變在美國是過什麼樣的生活呢？

A. 打打高爾夫球，吃吃美食，很普通 ^^

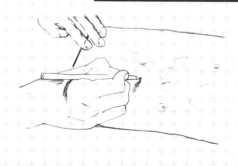

2012-01-20
....

志燮在運動中？

偷偷拍下了才剛做完運動的志燮。

熱騰騰的照片！喀嚓！

2012-01-21
....

待機畫面

喜歡 51K 的志燮。

2012-01-31
....

平安歸來～！

志燮上個禮拜已經平安從泰國回來了。歡迎光臨～在當地收到了許多影迷的愛，太好了 ^^ 希望電影也能在泰國大賣……

2012-02-10
....

點心時間

現在是辦公室的點心時間！ kiki 和 kato 不坐好的話，也不會給你們吃的～

轉換心情

今天要告訴大家一個可以稍微轉換心情的方法。像志燮一樣,利用各種素材和顏色的手環,以及不同粗細的戒指,試著做做多層次搭配。微小的變化,就能讓今天的心情啦啦啦～

春

大家好,最近迎面而來的暖風,讓人有種春天近了的感覺。不過,在韓國有「春寒料峭」的說法,那就是在春天正式來臨前,會有一段突然變冷的時期。大家要小心身體,別感冒。希望大家今天都能有個美好的「志燮日」。

SONICe?

謝謝大家一直以來對志燮的支持。志燮的雜誌《SONICe》要在韓國創刊了!這個月的14日就會在韓國發售。雜誌會以相簿的形式,介紹志燮推薦的約會行程、料理、書籍等。

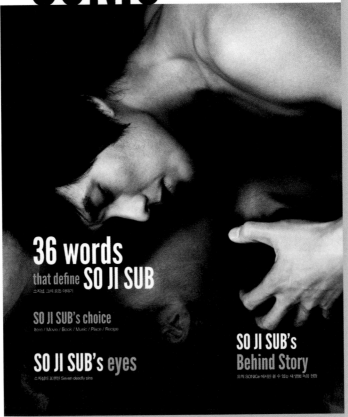

SONICᵉ

Vol.01

36 words
that define **SO JI SUB**
소지섭, 그의 모든 이야기

SO JI SUB's choice
Item / Movie / Book / Music / Place / Recipe

SO JI SUB's eyes
소지섭이 표현한 Seven deadly sins

**SO JI SUB's
Behind Story**
오직 SONICe 에서만 볼 수 있는 새 앨범 녹음 현장

소지섭, 蘇志燮, Sojisub
영화배우, 탤런트
1977년 11월 4일
182cm, 73kg
피프티원케이
1995년 STORM 1기 전속모델 데뷔
www.51k.com

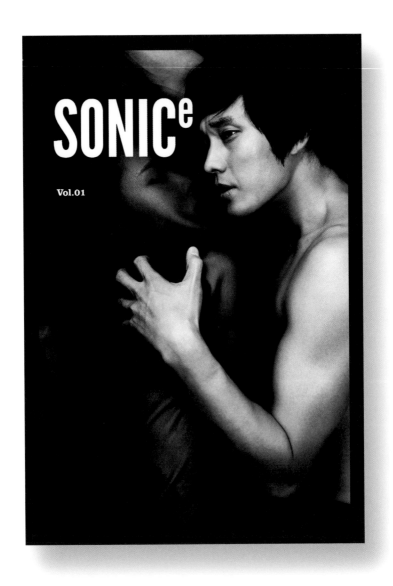

소지섭, 蘇志燮, Dujuub
영화배우, 탤런트
1977년 11월 4일
182cm, 73kg
피프티원케이미
1995년 STORM 1기 전속모델 데뷔
www.51k.com

2012-03-09

....

這個，我喜歡！

志變的新歌。韓國相當知名的 Bobby Kim 跨
刀演出，完成了相當厲害的歌曲。新歌會在 14
日面世，敬請期待！

除此之外，還有辦公室的近況，kato 好像很喜
歡箱子，剛才一直靜靜盯著工作人員作業呢！
讓大家看看他那般可愛的模樣！

2012-03-22

....

拍攝 MV 的現場

為了籌備歌曲、拍攝 MV 而忙碌不已的志變。
這個禮拜！就可以見面了！

Q. 打掃、洗衣服、料理，都是志燮自己親手做嗎？三個當中，最喜歡哪一個 (^^)？

A. **喜歡洗衣服和料理，不過打掃則是完全不會做。**

Q. 在車上或飛機上的時候，喜歡做些什麼？

A. **看電影或看書。**

Q. 一提到泰國，我會想到酸辣湯、按摩和水上市場，志燮呢？除了電影節以外，還有沒有在泰國玩了些什麼呢？

A. **稍微休息了一下，也吃了泰式酸辣湯。**

Q. 今天是簽名會，志燮簽名的時候心裡都在想些什麼呢？

A. **盡最大的可能看一看大家的眼睛。**

Q. 首爾也很冷吧？天氣冷的時候，都會想要吃一吃我喜歡的泡菜鍋，如果可以和志燮一起的話⋯⋯志燮最喜歡吃哪種鍋呢？

A. **最近很喜歡吃清麴醬鍋（將發酵的豆子磨碎後，再烹煮而成的鍋類料理）。**

終於到了今天！

昨天已經平安抵達日本了！站在久違的大家面前，志
變很是坐立不安呢！請大家期待今天的粉絲見面會
吧～因為，馬上就要見面嘍……

1st Stage 結束

第一場結束了。志變很適合穿無尾禮服(Tuxedo)
呢。造型師志變的現場表演如何呢？希望大家都
可以沉浸在志變的色彩當中。為了志變的第二場
表演，先休息一下，很快就會整裝完畢的；帶著
第一場的餘韻，將會展現出更加帥氣的模樣。謝
謝參與第一場的大家！敬請期待第二場表演吧！

今天，謝謝了！

託各位的福，今天的活動令人相當振奮！志變也很
喜歡 ^^ 真的很謝謝大家！那麼就下次再見嘍！

Jisub in TOKYO

幕後

2012-03-30

平安返國以及驚喜活動

志燮已經回到韓國了。託各位的福,歡樂的
簽名會也順利落幕了。真的很謝謝大家!這
次得到一些自由活動時間的志燮,去了一趟
這種餐廳!在哪裡呢?

2012-04-03

偶爾……

四月天,竟然下雪!真的很罕見呢!碰上這種罕
見的情況,是不是該吃點點心呢?在這種日子吃
一點平常因為顧慮卡路里而猶豫不決的東西,應
該可以被原諒吧。所!以!和志燮一起享受午後
的點心時光吧!

2012-04-10

永遠都需要咖啡!

因為很喜歡咖啡,所以經常都會流連在咖啡廳。
不過,除了喝咖啡之外,還會檢查一下 51K 的
獨創料理,有一種「果然是志燮!」的感覺～

在北京

出席北京國際電影節果然。無論在哪裡都能閃閃
發亮！《只有你》在中國也廣受好評！

2012-05-02

黃金週！

假期過得還好嗎？今天是週末
也要拍戲的志燮，希望大家也
有個快樂的黃金週。

Q. 志變一天當中心情最好、最喜歡的時間是幾點？

A. **睡覺之前？**

Q. 謝謝你帶給我像作夢一樣的見面會，我在東京盡情地
玩了兩天，也去了很多一直想要去的地方，志變這次
也去了很多地方嗎？

A. **有一些自由活動時間，去了一趟生平第一次去的東京
車站。**

Q. 志變談戀愛的時候，和女朋友走在路上是屬於勾手
還是牽手的類型呢？雖然是很久以後的事情……還
是希望可以聽到志變幸福的消息。

A. **很想要手牽手走在路上看看。**

Q. kato 喜歡的東西或食物是什麼呢？還有志變叫他的
時候會過來嗎？

A. **叫 kato 的時候，他只會……轉過頭。**

Q. 我剛從韓國旅行回來，參觀了《幽靈》的拍攝場地，
留下了許多快樂的回憶。日本還看不到這部戲，真
是遺憾。志變是在哪裡看第一集的呢？

A. **第一集是自己一個人在家裡，集中精神把它看完。**

Q. 志變是會想很多的人嗎？完全想像不到志變想很多
的模樣……

A. **我屬於想很多的類型。**

2012-05-09

幽靈

最近的韓國變得超熱！即便在這種天氣之下，志燮仍然努力地扮演著刑警宇玄！

2012-05-17

這個禮拜在這裡！

巡迴演出終於要從明天開始展開了！這個禮拜先做了一輪場地勘查，現在的楊口真的很厲害，可以讓人在一整片綠色之中，得到療癒。為了這次的巡迴，所有的工作人員都拚命努力著！敬請期待～

2012-05-22

楊口，畫廊開幕！

在大熱天裡過得還好吧？從去年開始準備的楊口頭陀淵 51K 蘇志燮畫廊，終於在上個週末正式開幕了。然後，也很謝謝大家。為了之後的 51KM 之路，要繼續、繼續努力下去。

2012-05-25

《幽靈》的製作發表會

不久之前舉行了電視劇《幽靈》的志燮
發表會。將會從下週開始進行拍攝工作，
志燮，是不是有些緊張呢……？志燮不
是還有我們嗎～幽靈加油！志燮也加
油:D

2012-05-30

是今天了

終於！今天正是眾所期待的志燮電視劇——
《幽靈》，播映第一集的日子，已經開始有
些覺得★撲通撲通★了呢！現在正是需要大
家支持的時候！

日本首映會

志燮的電影《只有你》終於要在明天於
日本首映了！好像昨天才剛拍第一場戲
似的，竟然已經是一年前的事了。想到
哲民要站在大家的面前，希望大家多多
關照哲民和靜華了。

好久不見！

來到日本了……首先，是工作！

謝謝

順利結束日程了！謝謝大家熱情支持昨天的首映，志燮也感受到大家滿
滿的鼓勵，朝氣勃勃地回國了。

2012-06-20

網路警察！

現在首爾超熱，看起來已經進入盛
夏了呢！當中，擔任網路警察的志
燮，勢必已經變成電腦神通了吧！

2012-06-27

在現場……

拍攝現場送來令人開心的照片，這是金玄宇組長的
名牌！（啊，警察廳的東西應該是國家機密吧？
^^）

2012-07-13

這種模樣也……

韓國這個禮拜對電視劇《幽靈》的
迴響也相當熱烈。很好奇下個禮拜
的劇情喔！然後，剛剛在以前的照
片資料夾裡發現了這個！是戲裡
的「朴奇永」和另一個模樣的志燮
呢！依據不同角色而改變模樣，正
是演員的魅力吧（不知道是不是因
為志燮才有了這種感覺）。

Q. 志變去喝酒的時候會點些什麼菜呢？我喜歡雞肉串、炸物、生魚片、烤秋刀魚、蝦料理等等，也很喜歡豆芽菜炒牛肉和生海鮮。

A. **按照不同的酒而有所不同。**

Q. 志變在東京吃了天下第一的拉麵，選擇的是原味還是濃味呢？

A. **我吃了有名的濃郁口味。**

Q. 志變經常帶著酷炫的戒指，請問總共擁有多少枚戒指呢？通通都是自己買的嗎？

A. **不知道有幾枚 ^^ 大部分都是自己買的，也有很多是影迷送的。**

Q. 夏天的約會，會想要去海邊還是水族館呢？

A. **涼快的海邊！**

Q. 志變除了謊話之外還有沒有討厭其他的東西？

A. **除了謊話之外……我非常討厭自己或別人在約好的時間遲到。**

Q. 志變要決定事情的時候，是屬於說做就做的行動派，還是要左思右想後才行動呢？

A. **在下決定之前，花很多的時間沉住氣思考，一旦決定之後，就不會再猶疑，立刻付諸行動。**

2012-08-02

馬上

炎炎夏日，終於要在下個禮拜播映最後一集了。有些長又有些短的兩個月，突然要在下個禮拜揭曉整個故事的結局，不知為何有些落寞。不過，日本的《幽靈》馬上就要開始了呢！請大家期待志燮的全新模樣～

2012-08-14

該給的時候就給

好久沒來辦公室的志燮。先餵了kiki 和 kato 吃點心，人真好。

2012-08-24

愜意的生活

韓國從這個禮拜開始，一掃原本的炎熱，變得很是涼爽，這個禮拜也是令人心情大好的天氣呢（真開心！）聽說志燮結束電視劇的拍攝工作後，會稍作休息，沉澱一下。辦公室的 kiki 和 kato 也已經充電完畢了。有沒有覺得心情變得愜意起來了呢？那麼，就讓我們一起迎接新的季節吧！

2012-09-05

喜歡爽朗的你！

日本的各位，在夏季的尾聲過得還好嗎？在韓國，颱風已經趨緩了一些，緊接而來的是清涼爽快的秋天天氣。推薦一下適合這種天氣的服裝打扮：清爽的藍色襯衫！爽朗的「志燮感」服裝，恰恰適合這種清爽的天氣吧？希望大家也能在日夜溫差大的最近，帥氣地穿上長袖襯衫。

2012-09-12

《超完美殺手》製作發表會

今天是志燮電影《超完美殺手》的製作發表會。馬上就能見到在職業殺手公司上班的炯道了～敬請期待志燮的全新模樣～

2012-09-19

志燮也喜歡的……

在韓國，一到秋天就會想到「天高馬肥＊」，所以最近食慾猛地大增了許多。今天要跟大家介紹志燮也喜歡的小點心，不過，連志燮也喜歡的點心會是什麼呢？

＊譯註：意指秋高氣爽的秋季氣候。

2012-09-22

剛才

各位，就是剛才！昨天平安抵達後，
盡情享用了美味的晚餐 ^^

———蘇志燮

KNTV 《幽靈》試映會的訪日行程

2012-09-25

抵達

抵達韓國了！
謝謝總是熱情迎接我的大家！

———蘇志燮

2012-10-05

好吃！

公布連志燮都喜歡吃的點心：炒年糕和冷
麵，以及肉餃子！任何時候吃，都很好吃
吧～

2012-10-09
....

自由時間

不久之前在日本拍的照片。志燮大概已經很
久沒有自由地走在街上了吧！對了，今天有
電影《超完美殺手》的 VIP 試映會喔！

2012-10-25
....

和久違的 kiki 在一起！

雖然志燮到上個禮拜為止都在為了電
影《超完美殺手》接受採訪或進行亮
相活動，相當忙碌……這個禮拜久違的
在辦公室吃了午餐。快樂的午餐時間，
以及乖乖守在志燮身旁的 kiki，也為大
家送上志燮原汁原味的微笑。

2012-11-02
....

kiki，生日快樂！

上個禮拜五是 51K 吉祥物，也是志
燮深愛的 kiki 生日！

2012-11-06

kato 或許⋯⋯

捕捉到志變和 kato 久違的快樂時光！
kato⋯⋯似乎對男生比較沒那麼友善。

2012-11-14

冬天？

這個禮拜的韓國已經冷得像是冬天一樣，
而且聽說昨天晚上還下了初雪，想必很
快也能聽到日本下初雪的消息吧！各位，
一定要注意身體，別感冒嘍～

Q. 想要問問志變，房間的裝潢是什麼顏色呢？舉例來說，像是窗簾、沙發之類的。

A. **主要的色調是褐色、米色和白色。**

Q. 好像在某個訪談中看過志變說自己喜歡長髮的女生，身高 168cm 左右，到現在都沒有變過嗎？

A. **這是最近喜歡的類型 ^^ 雖然不知道什麼時候會變……**

Q. 造訪日本的時候，除了壽司之外還吃了些什麼？

A. **吃了第一次的大阪燒，還有在銀座很有名的拉麵店吃了日本拉麵 ^^**

Q. 以前曾經被你在東京車站的照片嚇到，私底下會變裝嗎？會使用什麼樣的東西？

A. **不至於到變裝的程度，大概就是戴戴帽子？**

Q. 志變如果有了女朋友，會想要做些什麼呢？挑一件事告訴我！不一定是最想要的。

A. **想要牽著她的手在路上走。**

Q. 日子過得很忙碌的志變，累的時候會想要吃什麼食物呢？

A. **炸醬麵、泡麵、炒年糕、炸雞，而且還要是超辣口味。**

在日本的中秋節？

今年粉絲見面會的照片。提起在日本的中秋節，想必志燮應該會想到
生平第一次去的東京車站吧？敬請期待明年的見面會，志燮會以什麼
模樣和大家見面吧 ^^

享用好吃的午餐

好久沒有到辦公室的志燮。吃了好吃的午餐，與
kiki、kato 度過了快樂的時光。今天吃了辣炒豬肉
片飯。2012 年沒剩多少天了，一直努力到最後吧！

調皮鬼

如同各位所知，kato 至今還沒有向志變撒過嬌，看志變一把抓住他前爪的樣子。喔～依然冷靜的 kato。另一邊，想必 kiki 早已適應志變的搗蛋了吧！

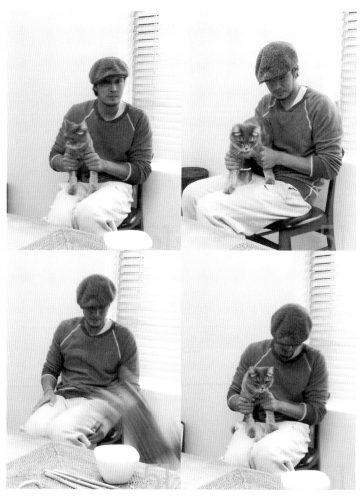

菜包肉

這次要向大家介紹志變推薦的料理：菜包肉，將豬肉和其他準備好的食材，像是泡菜或熟白菜，包在一起吃的料理。如果是食肉派的你，一定會深深愛上這道肉料理的！今天晚餐就吃這個吧？

Merry Christmas

Q. 志變有喜歡的名言嗎？還是座右銘？

A. Let's have fun and love life.

Q. 志變好像在日本吃了壽司，那你最喜歡的口味是什麼呢？有好好享用了嗎？

A. **我喜歡白身魚壽司～～～很好吃 ^^**

Q. 志變經常要去很多的國家，應該已經很習慣整理行李了吧？有沒有一定要帶的東西？

A. **運動用品和書。**

Q. 志變是從什麼時候開始一個人生活的？志變選擇離開父母，開始獨立生活的契機是什麼？

A. **模特兒身分出道後，就離開父母身邊了。**

Q. 告訴我任何一個你喜歡的東西！

A. **現在正值我喜歡的魚當季，所以這個禮拜無論如何都要吃到牠 ^^**

卷 6 好久不見

Q. 下面五個選項當中，志孌會選擇哪個「一星期」呢？吃也吃不胖的一星期、完全不會想睡的一星期、可以瞬間移動的一星期、可以變透明人的一星期、不被所有女生關注的一星期。

A. **可以瞬間移動的一星期。**

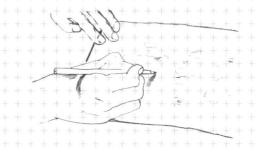

歌手志燮

祝各位新年快樂！希望大家今年也能和志燮一起度過美好的一年。此外，還有一個值得開心的消息，志燮將會再度以歌手的身分，推出專輯。親自參與了作詞的志燮，相當用心～

拍攝 PV 的現場

志變的新歌怎麼樣？描述離別時悲切的歌詞令人印象相當深刻……即將重現歌詞意境的 PV。為大家送上在拍攝現場偷偷看到的志變模樣。

2013-01-31

平靜的辦公室

好久不見的辦公室消息。kato 好像變胖了一些，所以現在都會控制他的飼料，而 kiki 還是如常的健康，乖乖地守著辦公室。

2013-02-06

平安返國

昨天志變已經平安回來了。無比熱情的粉絲見面會，想必對志變、對大家，都會是一段難忘的體驗吧！真心謝謝大家一直這麼溫暖、熱情的支持！

韓式蒸蛋

今天突然想跟大家介紹一道志燮喜歡的，大
家又可以輕易在家裡完成的料理！那就是韓
式蒸蛋。

在大小適中的碗裡，加入水、雞蛋、鹽（加
一點牛奶的話，可以讓口感變得更鬆軟綿
密），均勻攪拌後，放進微波爐四到五分鐘，
叮——完成！如此簡單又厲害的料理！（按
照個人口味不同，添加洋蔥、蔥、辣椒粉，也都很好吃 ^^）今天晚餐
就藉由「蒸蛋」感受一下志燮吧！

永遠快樂的時光

大家好，和志燮一起的點心時間，永遠都是最快樂的時光。

Q. 最有自信可以做得很好的料理是什麼？有什麼料理
的祕訣嗎？

A. （韓式）大醬湯和清麴醬湯。

Q. 志燮是個喜歡閱讀的人，那麼幾天可以看完一本書呢？

A. **專注的話，一天可以看一本；不然的話，也有可能
得花上整一年的時間 ^^**

Q. 回家之後，第一件做的事是什麼？

A. **先洗澡。**

Q. 志燮是在幾歲考到駕照的呢？現在也會經常自己開
車嗎？

A. **我是1998年的時候考到的，現在也會自己開車～**

Q. 第一次出國旅行是什麼時候？和誰一起去了哪裡
呢？請告訴我你的感想。

A. **為了拍攝《Storm》，和承憲一起去了日本，可
是完全沒有觀光到什麼，我記得結束拍攝工作，就
立刻回國了。**

Q. 志燮一直都可以輕鬆記住電視劇劇本和新歌歌詞嗎？

A. **不算什麼專長啦 T-T**

給志變的愛

來自各位的情人節卡片，終於抵達 51k 的辦公室了，謝謝大家！不過，很抱歉的是……其實現在志變不在韓國，所以大家先看看 kiki 和 kato 吧！等到志變回來之後，一定會確實轉達各位的愛的。

2013-04-04

辦公室消息

志變在美國好好休息過後，已經回到韓國了。從現在開始，好像又要開始忙碌了。kiki 依舊乖乖地守著辦公室，kato 也大改貓咪的風格，經常會在白天時間活動，或許是感受到春天的氣息了吧！

2013-04-18

春春春

這個禮拜是韓國賞花的高峰期，櫻花季持續綻放中……替志燮向大家傳話：「大家的心，也因為春風變得輕飄飄……了吧＾＾？」辦公室的前面也開滿了櫻花。

2013-04-25

快樂的時光

可以慰藉各位日常壓力的東西是什麼呢？今天 kiki 和 kato 慰藉了志燮。（啊！還是相反呢……？）

2013-05-23

志燮 NOW

志燮的新戲《主君的太陽》，正相當順利地準備中。志燮 NOW！正在認真地讀著劇本。

2013-06-06

現在是個機會！

馬上就要投入新戲拍攝工作的志燮，最近……正在減肥中！如果有人也正下定決心要減肥，要不要和志燮一起挑戰一下呢？（kiki 和 kato 會監督大家的）希望大家都可以成功！加油！

Q. 韓國人會用照片（全身照）裝飾家裡的牆吧？志變的家裡也有掛嗎？

A. **我不太會在牆上掛照片裝飾。**

Q. 我很喜歡看電視劇或電影，志變都喜歡看什麼類型的呢？如果有推薦的電影，也請告訴我。

A. **我不太挑電影的類型，也很常看；以前看過一部叫做《ONE DAY》的電影，非常喜歡。**

Q. 志變在電影院都一邊看電影一邊喝什麼或吃什麼呢？

A. **我不太吃爆米花，偶爾會喝喝飲料。**

Q. 私底下去旅行的時候，是屬於會事前擬訂計畫的人，還是隨興散步的人呢？或是會到了當地才開始想呢？

A. **到了當地後，可以的話，最好什麼都不要做 ^^**

Q. 志變在美國必吃的東西是什麼？

A. **一定會吃漢堡 ^^ 然後盡可能不要再在國外吃韓國料理。**

Q. 現在你想做的事情是什麼，工作或私人行程都可以。等到天氣熱一點，我想要參加海邊的烤肉派對！

A. **我想要去露營。**

Q. 最近看到你和 kato 的點心時間照，都覺得好開心喔！雖然 kato 的表情都很酷，卻相當可愛，他是什麼時候生日的呢？因為 kiki 姊姊不是有自己的生日嗎？

A. **kato 是 4 月 15 日到辦公室來的，所以就把這天訂為他的生日了。**

平安抵達！志燮用餐中

為《超完美殺手》訪日的亮相活動。

2013-07-03

梅雨

幾乎每天都在拍攝電視劇，加上這
次因為飾演富二代的角色，所以都
要規規矩矩地穿上外套之類的裝
束，在這種天氣！室外！外套也太
過分了吧……所以志燮應該很希望
可以在冷氣聲轟隆作響的地方進行
拍攝工作吧。

Q. 志燮好像都親手做早餐來吃，那個泡菜也是你自己
　　做的嗎？保存在廣告的冰箱裡⋯⋯？

A. **我不會自己醃泡菜。**

Q. 志燮會點外賣吃嗎？湯麵或炒碼麵之類的 ^^

A. **我幾乎不點外賣，炸醬麵或炒碼麵之類的一年大概
　　吃個兩、三次左右（？）**

Q. 去國外玩的時候，志燮也會每天做運動嗎？

A. **盡量想做就做。**

Q. 志燮開車的時候，也會變成另一個人嗎？

A. **偶爾只有自己一個人的時候會 ^^**

Q. 一直很憧憬韓國人用鍋蓋吃熱呼呼泡麵的樣子。志
　　燮會煮泡麵嗎？會的話，也是直接用鍋子吃泡麵嗎？

A. **一年吃兩到三次吧，我也是直接用鍋子吃。**

Q. 請問志燮除了蕎麥麵之外，這次還有什麼喜歡的食
　　物嗎？

A. **中午吃了日式定食，我覺得豆腐料理也很好吃。**

Q. 每天都在賴床的最近，就算醒了也會在棉被裡滾來
　　滾去的，志燮也會嗎？還是一睜開眼睛就會開始活
　　動的類型呢？有沒有什麼改善的方法？

A. **我一下子就會起床了。做做伸展操或喝杯冰水如何？**

主君的辦公室

這次讓大家偷偷看一眼志燮,也就是
主君工作的辦公室,哇～原來有錢人
就是這種感覺啊 ^^

工作中的主君!

期待已久的主君,終於在昨天出現了。我
想,應該也有人在日本看見了吧?和志燮
至今扮演過的所有角色完全截然不同。

2013-08-13

Sleeping Jukun

在韓國有一種「美人都是瞌睡蟲（表示越睡越美麗）」的說法，看來美男也是如此呢。

2013-08-29

秋天的心情

這個禮拜的首爾，濕度低了一～些，只有看來耀眼的豔陽，熱氣已經趨緩了一些。原來是秋天到啦～志燮在大家的支持下，順利地進行著拍攝工作。從上個禮拜開始，時不時出現的粉紅泡泡，獲得了許多女性觀眾的廣大迴響呢！

Q. 馬上就是七夕了，志燮有什麼願望嗎？

A. **看完這次的電視劇，會揚起幸福的微笑。**

Q. 志燮有自己的腳踏車嗎？平常會騎腳踏車嗎？雖然你比較適合摩托車的裝扮 ^^

A. **雖然有腳踏車，但是幾乎沒有什麼騎的機會。**

Q. 志燮經常都在電視劇或電影裡扮演家財萬貫的人，那麼你在現實生活當中也是一個經常儲蓄的人嗎？

A. **在能力所及的範圍內，持續努力著。**

Q. 沒有看過志燮吃點心的照片，你有吃過點心嗎？

A. **我有時候也會吃 ^^**

Q. 志燮會在劇本上寫東西嗎？

A. **畫畫底線之類的（？）**

Q. 拍戲期間想必不能喝酒……但是會有很想喝的時候嗎？喝醉的時候又是什麼模樣呢？想要看看喝醉的志燮～ ^^

A. **拍戲的時候不能喝，但是一結束就會想要趕快喝一杯；我喝醉的話，就會逃回家裡。**

Q. 結束電視劇的拍攝工作後，想要做什麼？

A. **想要賴在家裡，一個禮拜左右。**

Q. 志燮早餐都吃什麼？麵包，還是飯？我很好奇！是會乖乖吃早餐的類型嗎？

A. **飯、麵包諸如此類的，只要在家 ^^ 就會吃！**

Q. 志燮每天都很辛苦，現在想必忙得暈頭轉向吧！收工之後如果突然覺得「啊！好想吃那個喔！」時，是會自己做來吃，還是會出去外面吃呢？

A. **大部分都會自己做來吃。**

好久不見！

志變好久沒有到辦公室來了～雖然很想
肆無忌憚地拍照，可是手卻一直在發
抖。總之，最重要的是志變看起來很健
康，那就放心了。主君！加油喔！

在拍攝現場

雖然是閒話一則，但是這個禮拜志變
的電視劇收視率，急劇上升啊！雖然
拍戲很辛苦，不過志變看起來也很開
心呢 ^^ 期待下週。

2013-09-18

中秋節

涼風把心情吹得都變好的秋天來了。明天的中秋節是韓國的大節日，大家會在這天回到故鄉，和許久不見的家人聚在一起，享用好吃的食物，還會去掃墓；不過，很可惜的是志燮因為要拍戲，所以可能沒有時間過中秋節了……不如，就讓大家替志燮過中秋節吧 ^^

PS. 收到主君老闆的名片了（對了，名片上的號碼是臨時號碼啦）

2013-10-03

再見，主君

昨晚志燮的電視劇已經拍完最後一場戲了。雖然拍攝現場非常冷，但是演員、工作人員全部撐到最後，同心協力完成作品的樣子，真的令人相當感動。那麼，究竟故事的最後，兩人會怎麼樣呢？敬請期待。

2013-10-11

變回志燮

電視劇結束之後，以久違的「蘇志燮」，而不是「主君」來到辦公室的志燮。吃完滿滿是肉的小菜後，和 kiki 度過了屬於兩個人的時間，感覺志燮已經慢慢變回自己了。近來日夜溫差變得比較大，大家一定要注意自己的身體喔！

Q. 原來志燮會自己準備早餐啊⋯⋯那麼喜歡做料理的志燮，都是怎麼買材料的呢？應該不是親自去買的吧？

A. 我會到附近的超市買。

Q. 志燮有喜歡的香水嗎？

A. 我很喜歡女生香水裡的水蜜桃味道。

Q. 想要問志燮，學生時期有沒有打過什麼工？

A. 在咖啡廳打過工。

Q. 秋天是日本閱讀風氣盛行的季節，也是令人食慾大增的秋天、適合運動的秋天等，有許多與秋天相關的詞語；志燮的秋天，又是怎麼樣的秋天呢？

A. 可以盡情享受孤單、淒涼心情的秋天。

Q. 聽說志燮喜歡長髮、個子高的女生 ^^ 現在還是如此嗎？志燮有過一見鍾情的經驗嗎？

A. 是的，現在還是如此 ^^ 不過頭髮的長度不是那麼重要，短髮的話，留長就好了 ^^ 我沒有一見鍾情的經驗。

Q. 現在首爾的秋景一定很美吧？最近有吃了些什麼好吃的東西嗎？我在首爾吃過的冷麵很好吃！

A. 全部都很好吃。因為拍戲的時候都在減肥，所以最近吃了很多東西。

Q. 電視劇裡的志燮喜歡苦味的咖啡，那麼在現實生活裡，志燮喜歡的咖啡是甜味還是苦味呢？比較偏哪一種？

A. 基本上比較喜歡美式咖啡。有時候比較累的時候，會喝甜一點的咖啡。

2013-10-18

....

點 · 心

首爾這個禮拜下了一點雨,所以今天雖然很
晴朗,但是空氣裡卻有些寒意。志變在享受
久違的點心時間,炸雞、炒年糕和血腸等,
吃得很開心!

2013-11-06

....

收到了!

各位為了祝賀志變生日所送來的卡片已經收到
了!志變不在的期間,都被kiki偷看光光了~
WOW!感覺今年寫韓文的卡片變多了呢!謝謝大
家!很快就會送到志變手上的。

接觸志燮！

「大家的卡片和愛心，總是能帶給我快樂，謝謝大家。」

—— 蘇志燮

Q. 除了試映會之外的時候，志燮私底下會去電影院看電影嗎？會變裝嗎？

A. **我經常會去電影院看電影 ^^ 不會做什麼特別的變裝。**

Q. 聽說志燮很喜歡拉麵，那你喜歡哪種口味的日本拉麵？醬油？味噌？鹽味？炸豬排？

A. **只要是日本拉麵都喜歡，醬油、味噌、鹽味、豚骨……全都喜歡，啊！除了太油的會有點……**

Q. 飾演武赫時，恩彩的禮物（可愛的小花束），雖然是一份沒能完成的心意，卻是相當經典的一幕！志燮有收過女生的花嗎？

A. **經常都有啊 ^^**

Q. 在永遠都很帥氣的志燮眼中，「帥哥」是什麼樣的人呢？覺得自己接近那個形象嗎？

A. **默默專注於自己工作的男人很帥氣。**

Q. 《主君的太陽》很好看，我看了好幾次（≧　≦）劇中有志燮端正躺在床上睡覺的場面，現實生活中的你也是睡相很好的人嗎？還是早上起床的時候會發現自己睡在奇怪的位置呢？

A. **睡覺的時候沒有什麼特別的習慣，倒頭就睡。**

Q. 之前有提過關於香水的問題，這次想問你平常會噴的香水是自己喜歡的味道嗎？還是按照心情个同轉換味道呢？

A. **如果是特別的日子會先決定當天噴什麼香水，平常的話，會按照心情不同換味道。**

2013-12-19

....

用餐

好久不見的志變模樣 ^^ 這麼冷的
天就該好好享用暖呼呼的料理～希
望大家注意自己的身體狀態，別感
冒嘍！

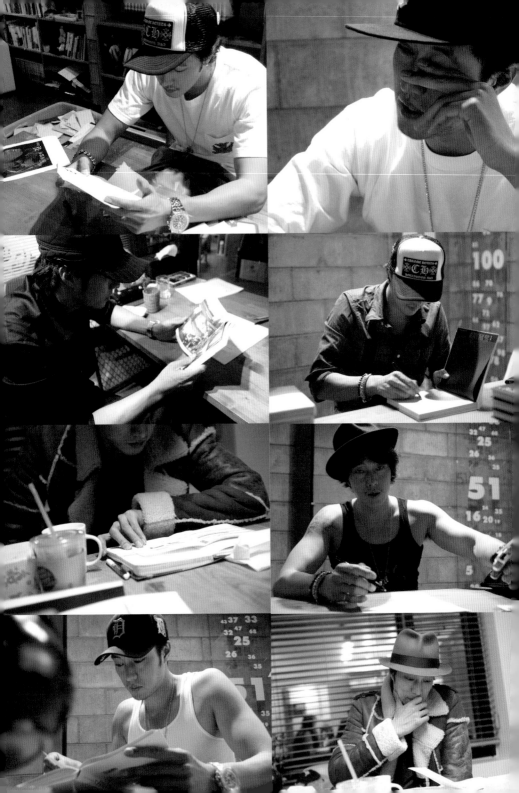

閱讀

Q. 志彎是會真情地對「她」說出「我愛妳」的人嗎？
我沒有說出口的勇氣，而且也覺得很害羞……

A. 雖然會說「我喜歡妳」，但是更常說「我想見妳」。

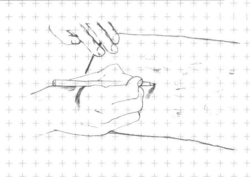

卷 ⑦ 天氣晴

Q. 志燮今年想挑戰什麼？

A. **比起新的挑戰，我比較希望今年可以好好充實自己。**

2014-01-09

今年也請多多指教了

2014 年了～祝大家新年快樂！為了要
讓各位今年也多多關照志燮和手機日
記，所以這次要提起勇氣挑戰捕捉志燮
的正面。然而，卻在那個瞬間把臉遮住
的志燮！（真快）為了迎接新年，頭髮
剪短很多了呢！不知為何，反倒變回一
個小少年了。

2014-01-17

最近～

之前志燮跑去打保齡球了，丟球的樣子真是帥氣 ^^
不如，大家這個週末也去打保齡球吧！

2014-01-23

志燮的推薦

志燮的韓國料理小大地，今大要介紹充
滿膠原蛋白的豬腳。豬腳，如同字面一
樣，就是把豬煮熟的腳搭配白菜或生
菜一起吃的料理。依據店家不同，也會
有辣味供客人選擇，不過這次先吃沒有
調味的吧！來韓國的話，一定，要嘗試
看看！

和 kiki 一起享樂！

這個禮拜的首爾，持續維持在零度以下的天氣，這種冷到不行的日子，真是一點都不想出門呢！即便如此，還是當作散散步，到附近走走吧 ^^ 希望大家能過得暖暖的～

正月

今年也加油！祝大家新年快樂！希望大家都能健康快樂——— **蘇志燮**

（今天是韓國的大節——過年）

美好的一天！

My water！

冬天真是一個既寒冷又乾燥的時期啊！所以志燮最近開始隨身帶著 My water 了。聽說這個瓶子可以裝進足足兩公升的水啊～一天就該喝這麼多水才行！大家也要多喝水喔！

Q. 我住在盛產銀魚的地方。聽說志變喜歡吃魚，那麼喜歡什麼樣的魚料理呢？也請推薦我怎麼吃比較好吃？

A. **超級超級喜歡 ^^ 銀魚當然要用烤的！**

Q. 志變喝酒的時候，一開始最喜歡點什麼酒呢？也是啤酒嗎？

A. **先是生啤酒，然後是燒酒。**

Q. 志變喜歡雲霄飛車嗎？

A. **喜歡是喜歡，但是沒有太多搭乘的機會。**

Q. 你喜歡吃粥嗎？之前有韓國人在我們家附近開了一間店，我馬上就去吃了，是蔬菜粥，很好吃！志變你喜歡哪種粥呢？可以告訴我嗎？

A. **鮑魚粥。**

Q. 志變，恭喜你得到最佳演技獎 (*^^*) 最近開始深切感覺到自己青春不再、體力下滑的現象，志變會不會感覺到自己和二十幾歲時有什麼不同呢？

A. **年紀只是數字！最近受傷的時候，都不會馬上痊癒。**

志戀的文化生活

各位一定都很好奇志戀的休假日吧，
聽說志戀經常都會去電影院看戲
喔！萬一在電影院看到志戀，可別
太驚訝喔。

善意的謊言

三月的主題是「善意的謊言」，大
家一定都曾經為了顧慮別人而說過
沒有惡意的善意謊言吧？白色情人
節即將到來，大家一起來說說自己
曾經說過的善意謊言吧。

★究竟大家的善意謊言⋯⋯

natsu: 我曾經不假思索地對著因為我迷上志戀而吃醋的老公說出「志戀和你長得很
像～所以我才喜歡上他的！」他隨即露出不是太討厭的樣子。然而，事實上一點都
不像⋯⋯對不起！

mama: 我說出善意謊言的對象是我老公，有時候他買回來當作禮物的甜點當中，
其實有一些是不合我口味的，但是我總是會對他說：「『真的』超好吃的，謝謝 。」
當了這麼久的夫妻，如果老是想到什麼就說什麼，其實是會引起很多口角的；一想到
甜點是他特地為了我而買的，就覺得應該要心存感激，所以實在無法誠實說出自己的
想法。不過，無論我親手製作或買些什麼給老公時，他都只會說出「嗯⋯⋯」實在令
我很傷心 (;_;)

2014-03-07

首爾，晴

這個禮拜的首爾風勢強勁相當寒冷。不過
這也表示春天即將到來啦！大家的這個禮
拜又是怎麼樣的一週呢？忙著拍攝廣告等
工作的志變，應該過得相當有意義。祝大
家有個幸福、快樂的週末。

2014-03-14

Happy Happy!

Happy White Day! ——— **蘇志變**

Q. 如果要在冬天去旅行，會選擇溫暖的地方？還是更
冷～的地方呢？會在那裡做些什麼？我想要強忍寒
冷，去看看極光 ^^

A. **冬天的時候，想要去溫暖的地方，睡在沙灘上。**

Q. 志戀逛街的時候，是屬於果斷的人，還是要考慮很久
的人呢？

A. **先想好需要的東西，然後去了直接就買。**

Q. 很喜歡志戀又大又漂亮的手，會覺得自己的手很大
嗎？手大有什麼好處嗎？

A. **自己沒什麼意識到這件事，是大家告訴我才知道的。
手大沒有什麼特別的好處 ^^**

Q. 想要知道志戀的最新消息，工作也好，剛剛吃了什麼
也好，想要了解此刻的志戀。

A. **今天（3/19）中午吃了菜包肉！**

Q. 志戀喜歡什麼花？

A. **現在沒有特別喜歡哪一種花，就是喜歡花。**

Q. 志戀晚上睡覺的時候會開燈嗎？還是黑漆漆的呢？

A. **完～全漆黑一片！**

April Fool's Day!

今天是愚人節。為了迎接愚人節,志變決定來個迎春大掃除?!大家一起來說說關於自己的愚人節故事吧。

kato!

送上這兩個人(?)久違的對望模樣。和 kato 的關係似乎還有一些疏遠?之前有聽過 kato 自己跳上志變膝蓋的傳聞。kato 啊~好好關照一下志變吧!

一起玩!

今天 kato 得到了很多的療癒吧……^^ 想必志變也從 kato 身上得到了鼓舞。

在幹麼？

前天收到了志燮熱騰騰的近況消息。可是，這是在哪裡做些什麼呢？

最近的志燮

臺灣、神戶、橫濱的粉絲見面會近在眼前！志燮和見面會的工作人員正在用心準備著 ^^ 真想快點見到大家～

午餐，大口吃

今天午餐吃了烤肉！ kiki 超級羨慕地看著志燮 ^^ 可是，不能給妳吃喔，kiki ！

Q. 將來結婚的時候，希望第一個小孩是男生還是女生呢？

A. **兒子或女兒都好。**

Q. 志燮會看自己主演以外的韓國電視劇或韓國電影嗎？

A. **電視劇的話，幾乎都會看個一、兩集；韓國電影倒是看得很多。**

Q. 志燮經常都要搭飛機，那麼你都會在飛機上做些什麼呢？

A. **看電影或看看書、劇本。**

Q. 很想要吃「雜菜」，所以晚餐的時候自己動手做來吃了，志燮有沒有偶爾想吃的日本料理呢？

A. **提到日本料理，絕對是拉麵！拉麵 ^^**

Q. 志燮的房間有觀葉植物嗎？不能常澆水不會很麻煩嗎？

A. **有四、五盆！**

Q. 日本正值梅雨季，志燮喜歡雨嗎？下雨天會做什麼呢？

A. **我喜歡雨，如果不用拍戲，下雨天會在家喝喝韓國傳統米酒（막걸리）。**

Q. 不用工作的夜晚，不會想要自己喝一杯嗎？現在喜歡啤酒、香檳、燒酒中的哪一種呢？東京越來越熱，真的好想喝一杯冰涼的香檳，Veuve Clicquot 最棒了！志燮喜歡嗎？

A. **不用工作的夜晚，很想自己喝一杯！經常都會在這種天氣，喝一點冰涼的啤酒。**

Q. 現在想像一下，如果女朋友到家裡來玩的話……志燮會下廚嗎？一起做料理嗎？會做什麼料理？請告訴我最近做過的料理或是簡單方便的料理。

A. **我會想要下廚，菜單依據當下的情況有所不同。**

So Ji Sub
2014 Let's Have Fun

I Remember U

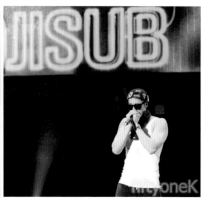

這裡!

這裡是臺灣!臺灣耶!

大家好,我是蘇志燮。亞洲巡迴表演已經開始了,請大家期待見面的那天,也準備好和我一起玩吧!

———— **蘇志燮** 2014.7.1

2014-07-17

今天早上的志燮！

出發！

抵達！

志燮的訪日行程。

抵達神戶！

看見塔了。

昨晚的志燮 @ 日本

這種炎炎夏日，
當然少不了冰淇淋。

彩排中，再等一下就可以見面了～

結束神戶見面會

神戶，謝謝！
我也覺得很開心！
——蘇志燮

抵達東京

嘗試了鐵路便當！
抵達東京！

接下來是，橫濱！

神戶，再見～

彩排中，橫濱見！

結束橫濱的粉絲見面會，
感謝各位熱情的支持。

——— 蘇志燮

回國

回家了，
那是一段很幸福的時光，
謝謝大家。

——— 蘇志燮

2014-07-25

2014-08-06

這次是？

志燮平安抵達泰國了！

偷偷地

謝謝日本粉絲熱情的支
持！志燮和 Soul Dive
都說他們覺得很幸福。
志燮最近在放一點小
假。為了滿足大家對他
都放假在做些什麼的好
奇心，特地送上一張從
後偷拍的照片，雖然我
沒有辦法指明這是誰 ^^
總之，他是去了這個地
方嘍～

現在是，香港！

今天是香港見面會的日
子，而志燮正在進行彩
排，要讓再遠也能聽得
見！期待大家的應援。

2014-08-07　　　2014-08-22

Hong Kong Clear!

順利結束了，
接下來是上海。

現在的志變！

志變現在在新加坡，將
會在今天！舉辦亞洲巡
演的最後一場，接下來
就是在首爾的最終場見
面會了！請大家拭目以
待〜請多多指教了！

馬上就要開始了！

現在正在彩排中！

2014-08-26　　　　　　2014-08-30

現在的首爾

炎熱的暑氣好像已經
告一段落了，今天開
始下起了雨。韓國南
邊的釜山等地，因為
暴雨肆虐，出現了一
些災情，不過志燮和
kiki、kato 都很平安
（請不用擔心！）這
個禮拜要到首爾參加
見面會的大家，記得
要好～好～注意天氣
預報喔！

Coming Soon!

馬上要見面了！

From Jisub

謝謝，那是一段很幸福的時光。

I remember U

——— 蘇志燮

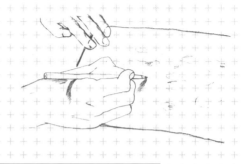

Q. 志孌好像很喜歡日本的蕎麥麵？是涼的蕎麥麵嗎？

A. 這次下定決心要吃熱蕎麥麵也要吃冷蕎麥麵，所以兩種都吃了 ^^

Q. 志孌喜歡海嗎？會想要在那裡做什麼呢？我想要在海邊聽著海浪聲放聲唱歌。

A. 我喜歡海！喜歡在海邊靜靜地散步。

Q. 志孌好像也在東京街頭散步了，有沒有買什麼禮物送給自己？

A. 有，買了幾頂自己要戴的帽子。

Q. 志孌喜歡什麼日本料理呢？這次又吃了些什麼呢？

A. 大部分都很喜歡吃，不太挑。這次沒能吃到納豆蕎麥麵，只吃了幾次很普通的東西 ^^

Q. 這次到日本來，有沒有初次體驗了什麼？從來沒有去過任何人見面會的我，第一次去了志孌在橫濱的見面會。謝謝你帶給我那麼美好的回憶。天氣持續炎熱，亞洲巡演加油！以後也會一直支持你的。

A. 去了神戶很有名的豆腐店，第一次吃到豆腐涮涮鍋！啊！神戶的牛肉也是第一次吃。

Q. 新幹線旅行如何？也是第一次搭嗎？在新幹線上做了
什麼？

**A. 對，我第一次搭新幹線；在新幹線上和 Soul Dive
討論了歌曲。**

Q. 抵達神戶後吃的冰淇淋是什麼口味？好吃嗎？喜歡的
冰淇淋口味是什麼？

A. 我很喜歡冰淇淋，但是不太吃；那天吃的是葡萄口味。

Q. 謝謝志變給了我一場最棒的見面會！這麼緊湊的工
作行程，你有去哪裡觀光嗎？有在臺灣、泰國或是
其他地方留下什麼特別的印象？

**A. 泰國和臺灣因為沒什麼時間，所以沒有出去走走；
在神戶的時候，有一點自由時間，所以去了臨海樂
園散散步 ^^**

Q. 亞洲巡演辛苦了！會不會很累？終於到了讓人食慾
大開的秋天了，志變喜歡吃肉吧？我也喜歡，你最
喜歡牛肉、豬肉，還是雞肉呢？最喜歡什麼料理方
式呢？我喜歡豬肉，然後最喜歡吃炸豬排。

A. 是的，我喜歡吃肉 ^^ 提到肉類，當然是豬五花！

2014-09-18

Happy Time

kiki 給了總是很忙、很累的志變一份大禮，
一個滿溢情意的擁抱！想必志變徹底被療癒
了吧。

2014-10-02

這個是～什～麼？

志變今天正在進行拍攝工作（不過，這個樣子是在拍什
麼？;;）今天的首爾下了雨，天陰陰的，那就用晴朗、
快樂的心情面對一切吧。

2014-10-10

散步

這麼好的天氣，散個步吧。

久違的晴天

秋天也好，10 月也好，甚至今年也好，好像都要悄悄地結束了。今年，因為志燮的亞洲巡演而變得熾熱，想必對各位，對志燮，都留下了難以忘懷的回憶吧。

品茶時間

冷到不行的最近，經常都會想要喝一杯熱呼呼的茶吧～之前志燮喝了柚子茶，大家今天要不要也喝杯柚子茶呢？

2014-11-07

兩個人還是……

如果各位最近覺得好像沒什麼看到志變和 kiki 的兩人世界……哇～兩個人依舊相親相愛呢。

2014-11-11

來自志變的 Thank you message

送上志變看到來自各位的生日祝賀照後，所拍攝的感謝短片。

2014-11-13

在濟州島進行拍攝工作

志變正在濟州島進行拍攝工作；濟州島是韓國相當聞名的美景觀光地，敬請期待志變在如此壯麗的地方所拍攝的影片吧。

2014-11-21
·························

愉快的週末！

網路劇《好日子》的拍攝工作
已經接近尾聲了，希望志燮和
大家都能有個恬靜的周末……

2014-11-28
·························

禦寒對策

雖說今年冬天比去年溫暖一點，但是冬天還
是冬天！kato 和志燮都全副武裝，乖乖穿
上冬天的衣服了。大家也要做好禦寒工作
喔～

Q. 志燮在秋天喜歡喝紅酒或白酒？還是氣泡葡萄酒？
　　哪一國的酒呢？

A. **夏天的時候，會喝白酒，還有香檳 ^^ 最近因為天**
　　氣有點涼，所以有點想要喝紅酒。白酒的話會選紐
　　西蘭的 Cloudy Bay；紅酒的話會選澳洲的 Two
　　Hands。

Q. 有點突然，想問志燮喜歡蛋黃還是蛋白？我喜歡蛋
　　黃。

A. **只要是雞蛋都喜歡！幾乎都是煎來吃。**

Q. 志燮在電視劇或電影當中都有游泳的鏡頭，很帥氣！
　　專家的水準就不用多說了，那麼志燮私底下也會在
　　夏天的時候游泳嗎？會在游泳池還是海邊？

A. **平常很喜歡游泳，但是沒有辦法經常去……大部分**
　　都是在游泳池游。

Q. 志燮現在喜歡聽什麼樣的音樂？

A. **最近是 Adele 的 Rolling In The Deep。**

Q. 志燮也有喝到酩酊大醉的程度過嗎？

A. **我的話，很會喝 ^^ 如果喝醉了，會自己回家，所**
　　以沒有這種經驗。

Q. 志燮一天當中在做什麼的時候覺得最幸福呢？人生
　　當中又是在什麼時候會感到幸福呢？

A. **我也會在一些小地方覺得很幸福；結束一天的工作，**
　　回到床上時，很幸福。。

健康的一餐

志燮吃了自己親手料理的烤豆腐和泡菜，享用了相當健康的一餐。希望大家也能度過一個美味、快樂的星期五～

永遠和平共處 ^^

今年已經是 kato 到辦公室來的第四年了，和我們、和 kiki 都是完全不同的種族，但是很奇怪的，所有人都可以像家人般相處得很愉快～希望 kiki 和 kato 都能一直很健康，乖乖陪在志燮的身邊。

冬天的問候

Merry Christmas and Happy New Year~ —— 蘇志燮

....

新年的年糕湯

（雖然晚了一點……）全新的 2015 年開始了！祝大家
新年快樂！雖然一般而言在韓國是以陰曆計算正月，下
個月才是新年……不過，心裡已經開始過新年了耶～所
以，志燮也為了迎接新年吃了年糕湯。希望志燮今年也
可以度過快樂的一年……

2015-01-14
....

羊卡片！

各位都寄賀年卡了嗎？為大家奉上盛載著志燮情意的卡片～

2015-01-21
....

拍攝中！那 kiki 和 kato 呢？

志燮今天正在為 Marmol 進行拍攝，另一
方面（好久不見的）kiki 和 kato 依然守護
著辦公室 ^^kiki 剪了新的造型；kato 不知
為何心情看起來很好～

Q. 志變喜歡和情人牽手、勾手還是摟著肩膀走路呢？

A. **我的話，喜歡牽手。**

Q. 志變如果感冒的話，會喝或吃什麼嗎？

A. **天氣冷的時候，我會推薦柚子茶。**

Q. 志變的方向感好嗎？去到哪裡都可以毫不猶豫地走到目的地嗎？

A. **方向感有是有，但是會迷路。**

Q. 如果要從事農業的話，你要種什麼？蔬菜？水果？米？喜歡啤酒的話，還是會選大麥呢？

A. **蔬菜、水果吧（？）**

Q. 志變想要在自己的結婚典禮上播放哪首歌呢？

A. **比起自己喜歡聽的音樂，我會選擇播放新娘想要聽的歌。**

Q. 要讓志變從冬天的服飾當中，例如暖手套或是圍巾等，挑選出一樣不可或缺的東西，會是什麼呢？或是獨具時尚感的東西又是什麼呢？

A. **帽子和手套還不錯吧？**

Q. 雖然志變應該都在健身房做運動，那你家也有運動器材嗎？

A. **不算運動器材，只有一些可以方便在家健身的用具 ^^**

Q. 為了亞洲巡演去了很多國家的志變，有沒有在哪裡吃到什麼覺得「這個很好吃！」的料理呢 (*^^*)

A. **臺灣的麻婆豆腐、新加坡的辣椒蟹！日本從一開始就覺得什麼都很好吃～**

2015-01-30

志燮的蠟燭

這個禮拜持續都是晴朗的天氣呢！雖然有點冷，不過卻是會讓人心情變好的涼爽氣息 ^^ 切入正題，聽說從去年開始流行的蠟燭風，志燮也很常使用喔！想知道志燮用什麼香味？「各式各樣的味道都會點，不過大致上都是花香。」志燮答道。精油蠟燭可以有效紓解壓力，在睡前點上的話，還能幫助睡眠喔～大家也試試看吧～

2015-02-06

消除壓力的大絕招！

一眨眼，已經來到星期五了。這個禮拜，又是怎麼樣的一周呢？這個禮拜是立春，感覺寒意已經大幅趨緩了呢～為這個禮拜累壞了的大家和 kiki，送上志燮的「啾～」希望大家都可以度過一個開心、快樂的周末～

2015-02-19

正月

這個禮拜在韓國是（舊曆）正月，所以分散在各地的人們會趁著這個機會一起返鄉。那麼，志燮的正月計畫又是什麼呢？偷偷問了一下，果然是要回父母家（果然！）再一次！祝各位新年快樂！希望大家都能和家人們一起度過快樂的時光～

2015-02-29
....

閒暇

春寒料峭的最近，大家都在做些什麼呢？
kiki 和 kato 無論閒暇的時候，還是繁忙
（？）的時候，都屹立不搖地守著辦公室！
那麼，志燮呢？在辦公室是這種模樣？捕
捉到了！經常都在看劇本或書的志燮，這
次是在閱讀小說 ^^ 大家說說自己最近都
在看些什麼書吧。

2015-03-06
....

吃了核桃

昨天志燮乖乖吃了核桃～一定有
人腦海中浮現出「乖乖？」「核
桃？」「為什麼？」吧～昨天是正
月十五；在韓國，從很久以前開始，
人們為了不讓臉上長麻子，每到正
月十五的凌晨就有了食用核桃、例
子、花生等食物的習俗。為了讓今
年也能順順利利，大家這個禮拜也
要吃一吃核桃之類的食物喔！

2015-03-12
....

等待春天

去年的 3 月也是這麼冷嗎？這個禮拜
好像會持續維持在零下的樣子，今天
的風也吹得很猛啊！大家會不會一邊
說著「好冷、好冷」，一邊就蜷縮成
一團了呢？（kiki 和 kato 正是如此）
一起做做伸展操吧！

Happy Birthday

小王子

再靠近一點

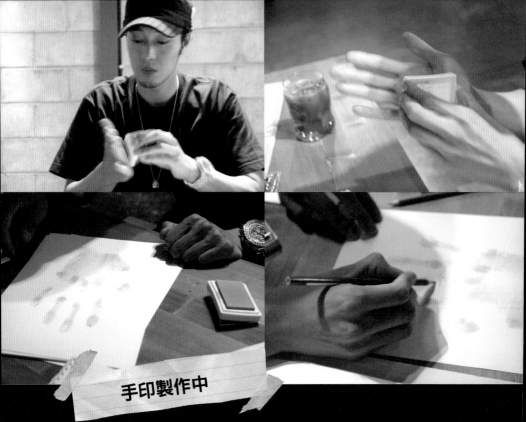
手印製作中

自拍

沉思

背影

搭地鐵

聖誕節

凝視傾聴

購物

鏡子前

工作魂

美麗田 —— 146

蘇志燮的每一天

2008-2015
So Ji Sub's History Book

51K——企劃撰寫
王品涵——譯

—

出版者：大田出版有限公司｜台北市 10445 中山北路二段 26 巷 2 號 2 樓
E-mail：titan3@ms22.hinet.net　http://www.titan3.com.tw
編輯部專線：（02）25621383｜**傳真**：（02）25818761
法律顧問：陳思成

總　編　輯：莊培園
副總編輯：蔡鳳儀
執行編輯：陳顗如
行銷企劃：張家綺／陳慧敏
校對：黃薇霓　**美術視覺**：賴維明

初版：二〇一五年（民 104）八月十日
定價：599 元

소지섭의 Every day by 51books
COPYRIGHT 2015© BY FIFTYONEK
ALL RIGHTS RESERVED.
COMPLEX CHINESE COPYRIGHT © 2015 BY TITAN PUBLISHING CO.,LTD
COMPLEX CHINESE LANGUAGE EDITION ARRANGED WITH FIFTYONEK
THROUGH 連亞國際文化傳播公司

—

2008.6-2010.1＿＿＿Staff by 耀西（윳시）
2010.02-2015.03＿＿＿Staff by 妮可（니코）

王品涵（譯者）
專職翻譯，相信文字有改變世界的力量；畢業於國立政治大學韓國語文學系，現居台北。

—

版權所有 · 翻印必究